맛있는 밥을 먹을 수 있기를

맛있는 밥을 먹을 수 있기를

おいしいごはんが食べられますように

다카세 준코 장편소설

허하나 옮김

문학동네

일러두기

본문의 주석은 모두 옮긴이주다.

점심시간 십 분 전, 지점장이 "메밀국수 먹고 싶다" 하고 입을 열었다. "내 차로 다 같이 가지"라며 사람들을 데리고 고속도로 나들목 근처 국숫집까지 가버리고, 니타니와 후지 씨 둘만 사무실에 남았다. 후지 씨가 "우리도 밥 먹자고"라고 말을 꺼내며 도시락을 꺼낸다. 니타니는 상비해둔 컵라면에 전기포트로 끓인 물을 부었다. 냉장고를 열어보니 편의점 도시락이 두 개 들어 있는 것이 눈에 들어왔다. 도시락을 챙겨 오는 사람이 있다는 것쯤은 지점장도 뻔히 알 텐데, 당연하다는 듯 다 같이 가자고 권한다. 니타니는 보리차를 꺼내고 냉장고를 닫았다.

좋아, 다 같이 가자고. 자네는 안 간다고? 거참, 사회성 없는 친구일세. 낮은 소리로 구시렁댄 후 갑자기 "지점장의 명령이다"라고 장난스레 말해봤자 뭐하나. 실은 다들 가고 싶지 않지만 사회생활을 위해 어쩔 수 없이 따라간다는 걸 예상하기 어렵지 않을 텐데도, 그런 상상을 싹 무시하고 "가자"라고 말할 수 있다는 게 대단한 점이라고 니타니는 순수하게 감탄했다. "밥은 다 같이 먹는 게 맛있지"가 지점장의 말버릇이었다. 전에 지점장과 돈가스덮밥을 먹으러 갔던 아시카와 씨가 창백한 얼굴로 화장실에서 나오는 것을 맞닥뜨린 적이 있다. 지점장의 속도에 맞춰 급하게 먹었더니 탈이 났다며, 그녀는 손수건을 쥔 손으로 배를 누르고 있었다. 아마 아시카와 씨도 오늘 도시락을 가져왔을 것이다. 하도 작아서 이걸로 정말 배가 차는 건지 볼 때마다 놀라운 도시락을, 점심시간이 되면 책상 서랍 맨 아래 칸에서 꺼내 먹는다.

컵라면 뚜껑을 연다. 피어오른 김이 손끝에 닿아 뜨겁다.

"우리는 오후에 바로 회의 들어가서 다행이다, 안 그래?"

후지 씨가 히죽 웃으며 말을 건다. 니타니는 나름대로 애매하게 느껴질 속도로 고개를 끄덕였다. 하지만 후지 씨에게는 그저 고개를 위아래로 움직여 동의하는 동작으로 보였을 뿐 애매하게 얼버무린 느낌은 전달되지 않은 모양인지 "그치?" 하고 한층 강한 어조로 묻는 바람에, 이번에는 힘주어 고개를 끄덕이는 수밖에 없었다.

후지 씨는 책상에 올려놓은 휴대전화를 왼손으로 만지작거리며 도시락을 먹는다. 젓가락으로 집은 달걀말이는 니타니가 마트에서 자주 사 먹는 매끈하고 균일한 노란색 달걀말이와 달리 흰색과 노란색과 갈색이 섞여 집에서 만든 티가 났다. 후지 씨는 좋겠다, 나랑 똑같이 야근해도 집에 가면 저런 음식이 절로 나오고, 아침과 점심 도시락도 뚝딱 준비되니까, 먹는 걸로 고민하지 않아도 살아갈 수 있잖아. 니타니는 그렇게 생각하는 한편, 식사 준비를 고민하지 않는 건 부럽지만 그 밖의 여러 가지가 딸려오는 건 귀찮다는 생각도 한다. 배를 채우기에는 그저 컵라면이면 된다. 다만, 계속 이것만 먹으면 몸에 안 좋다고들 하니 문제인 거다. 하루 세 끼 컵라면만 먹고도 건강하게 살 수 있는 식이 조건이 갖춰지면 좋을 텐데. 하루 한 알로 필요한 모든 영양과 열량을 섭취할 수 있는 알약이 생기는 것도 좋겠다. 그것만 먹으면 건강하게 살 수 있고, 식사는 기호품으로 남는 거지. 술이나 담배처럼 먹고 싶은 사람만 먹으면 되게끔. 니타니는 지금껏 셀 수 없이 해왔던 상상을 반복하며, 눈으로는 후지 씨와 그 주변을 멍하니 바라보았다.

후지 씨가 달걀말이 세 조각을 연이어 입에 넣고 우물거리며 일어났다. 차를 마시고 싶은 모양이네, 냉장고 쪽을 향하는 시선을 보고 알아차렸다. 후지 씨는 자리를 벗어나 냉장고로 걸어가더니 이내 멈춰 섰다. 아시카와 씨 자리 앞이었다. 주저 없이 아시카와 씨 책상 위의 페트병에 손을 뻗어, 먹다 만 듯한 그 병을 냉큼 열어 마신다. 그리고 니타니의 시선을 알아채고는 장난치다 들킨 아이처럼 비굴하게 웃으며 "목이 너무 말라서"라고 변명했다. 니타니는 천천히 고개를 끄덕인다.

후지 씨가 페트병을 아시카와 씨 책상에 다시 올려둔다. 내용물은 거의 줄지 않은 듯 보였다. 너무 목이 말라서 어쩔 수 없이 입을 댔다면 두세 모금은 마셨을 텐데, 목을 축였다기보다 입술을 적셨다는 표현이 더 적절하다 싶을 정도로 아주 적은 한 모금이었다. 아시카와 씨는 젊은 여성이다, 니타니는 모두가 당연히 알고 있는 사실을 떠올린다. 후지 씨는 중년 남성이다. 나이는 들어본 적 없지만 지점장 보좌이니 마흔은 넘겼을 것이다. 나이는 상관없나? 글쎄다. 성별은 상관있나? 있겠지. 아마도.

후지 씨가 냉장고에서 새 페트병을 꺼내고 자리로 돌아와 마시면서, 점심시간 직후에 만나기로 한 거래처 얘기를 시작한다. 오랫동안 같은 디자인을 유지해온 기존 상품의 라벨을 바꾸고 싶다는 의뢰였다. 니타니도 컵라면을 먹으면서 왼손으로 마우스를 움직여 모니터에 자료를 띄우고 최종으로 확인했다. 탕비실 싱크대에 컵라면 국물을 버리러 가면서 티 나지 않게 아시카와 씨 책상을 보았다. 후지 씨가 마셨던 페트병이 꽃무늬 컵받침 위에 놓여 있었다.

지점장과 나간 사람들은 점심시간을 조금 넘겨 돌아왔다. 문이 열리기 전부터 소란스러운 말소리가 복도를 따라 이쪽으로 가까워지는 것이 들렸다. 다녀왔습니다아, 우렁차게 말하며 문을 연 파트타이머 하라다 씨가 후지 씨와 니타니에게 "국수 엄청 맛있었어요. 지점장님이 다 쏘셨어!"라며 보고한다. 뒤이어 들어온 아시카와 씨도 "역시 다 같이 먹는 밥이 제일 맛있네요"라고 말한다. 넥타이 매무새를 가다듬으며 거래처 사람을 맞을 준비를 하던 후지 씨와 니타니가 지점장을 보며 와, 통 크시네요, 라고 띄워주자 지점장은 우쭐한 얼굴로 끄덕였다. "뭐, 이런 거 가지고." 그러더니 곧 거래처에서 올 테니 어서 업무를 시작하자고 지시했다. 니타니는 고개를 끄덕이고 파티션 뒤쪽 응접 공간으로 가려다 후지 씨가 멈춰 서는 바람에 같이 멈췄다. 후지 씨가 "아시카와 씨이" 하고 말을 걸었다.

"있잖아, 책상 위에 있는 그 차, 얼마 전에 나온 신상품이지? 미안, 나도 궁금했던 거라 허락 없이 한입 마셨어."

또 허락 없이 남의 걸 마시고, 징그러워요, 후지 씨. 하라다 씨가 곧장 비난했지만 무시당했다. 아시카와 씨 옆에서 오시오 씨도 불쾌하다는 듯 얼굴을 찌푸린 것이 보였다. 아시카와 씨는 그러셨어요, 라고 느긋하게 대답한 뒤 페트병을 들고 "어땠어요?" 하고 후지 씨에게 물었다. 후지 씨는 웃는 얼굴로 고개를 갸웃하며 말했다. "소켄비차랑 비슷한데 좀 더 쓴맛이 나는 거 같아." 아시카와 씨는 뚜껑을 열어 차를 한 모금 마시고는 "정말 그렇네요"라고 대답했다. 어휴, 그

차는 그냥 내다버려. 하라다 씨 말에 후지 씨가 너무한다면서 웃자, 아시카와 씨도 후후 소리 내어 웃었다. 니타니는 입을 다문 채 반쯤 웃으며 생각했다. 굳이 지금 마시지 않아도 아시카와 씨는 이미 맛을 알고 있을 테니, 맛아요, 좀 쓰죠, 라고만 말해도 되지 않나. 일부러 후지 씨가 보는 앞에서 한 번 더 맛을 확인함으로써 허락 없이 마신 걸 신경쓰지 않는다는 사인을 보낸 셈인데, 아니나 다를까 후지 씨는 싱글거리며 응접 공간으로 향했고, 하라다 씨는 여전히 어이없다는 표정이었지만 더는 아무 말 하지 않았다. 오시오 씨는 진즉에 흥미를 잃고 모니터를 보고 있다. 아시카와 씨가 니타니에게 "회의 잘하고 오세요" 하며 가슴 앞에서 두 주먹을 쥐고 까딱여 보였다.

저 아시카와 선배 별로예요, 라고 말하자 니타니 씨가 웃었다. 분명히 웃었다. 그렇게 확신했는데 순식간에 표정이 사라져서 자신이 없어진다. 니타니 씨가 웃었다는 사실이 아

니라, 니타니 씨는 분명 아시카와 씨보다 나를 더 좋아할 거라는 사실에 대한 자신이.

사외 연수를 마치고 돌아가는 길에 역에 거의 다 오자 니타니 씨가 "나는 저녁 먹고 들어갈 거니까 여기서 헤어질까?"라고 말했다. 막 오후 다섯시가 지난 역 앞은 회사원보다 교복 입은 중고등학생이나 대학생 정도로 보이는 젊은이들이 더 많았다. 회사에서 전철을 타고 도쿄 쪽으로 삼십 분쯤 들어온 이곳은 번화가라고 할 정도는 아니지만 사이타마 변두리에 있는 회사 근처보다는 활기찬 분위기다. "저는 이쪽에 처음 와봤는데, 선배는 잘 아세요?" 그렇게 말하자 니타니 씨는 전혀, 하며 고개를 저었다. "대충 아무 술집이나 들어갈 거라 여자들이 좋아할 만한 데는 아니지 싶은데, 오시오 씨도 약속 없으면 같이 먹을래?"

그 말투가 그저 동료를 대하는 느낌인 게 좋아서 따라갔다. 니타니 씨는 역 앞에 음식점이 밀집된 구역을 조금 걷더니 "여기 갈까" 하며 상가건물 2층에 있는 프랜차이즈 술집에 들어갔다.

생맥주 한 잔씩을 눈 깜짝할 새 비우고, 두번째 잔이 빌

무렵에는 지점장 욕이 얼추 끝났다. 제멋대로에 거만한 꼰대 같은 일화와, 지금은 그만둔 파트타이머와 몇 년 전까지 불륜 관계였다는 소문, 업무와 관련된 험담을 술술 말해주더니, 마지막에는 경계하듯 "뭐, 다들 아는 얘기지만"이라고 덧붙였다. 니타니 씨는 지점장보다 지점장 보좌한테 직접 지시받는 일이 많으니 그쪽에 더 불만이 쌓이지 않았을까 싶어 후지 씨는 어떻냐고 슬쩍 떠봤지만, "그냥 그래"라고만 하고 자세한 얘기는 하지 않았다. 후배 앞에서 험담은 해도 불평은 하지 않는 주의인지, 단순히 내게 아직 마음을 열지 않아서인지는 알 수 없었다.

웃음소리가 높아지고 뒤이어 잦아들다가 하아, 하고 한숨을 내쉬었을 즈음 맥주잔에 손을 뻗는다. 니타니 씨가 먼저 잔을 입에 대고, 나도 따라서 잔을 들어올렸다. 밑에 깔린 가게 로고 컵받침이 흥건히 젖어 있다. 잔을 얼굴 쪽으로 가져와 입술에 닿기 직전에 "저 아시카와 선배 별로예요"라고 말했다. 니타니 씨가 맥주를 마시다 말고 나를 바라보았다. 그 눈이 순간 빈틈을 보이듯 웃었다.

나는 그 눈을 빤히 쳐다보면서 맥주를 마셨다. 천천히 마시면 시비 거는 것처럼 보일까봐, 일부러 조금 급하게 벌컥 벌컥 비운다. 자기도 모르게 말이 튀어나왔다는 식으로. 니타니 씨는 "흐음" 하고 콧소리를 내면서 실눈을 떴다. 오늘은 그런 얘기를 하는 날이구나, 눈이 그렇게 말하고 있다. 입술이 살짝 나온 건 나를 비웃기 위한 준비인지도 모른다.

다 마셨네, 라고 말한 니타니 선배가 태블릿을 눌러 석 잔째 맥주와 흰살생선튀김을 주문했다. 오시오 씨도 한 잔 더 시켜, 하며 태블릿을 내민다. 화면에 뜬 메뉴 사진을 보고 하이볼을 주문하자 바로 나왔다. 에어컨 바람이 너무 세서 조금 춥다. 가방에 넣어뒀던 재킷을 꺼내 어깨에 걸쳤다.

"어떤 부분이 별론데?"

'왜'가 아니라, '어떤 부분이'라고 물은 것에 조금 안심한다.

"여러 가지인데요, 오늘 연수에 안 온 것도 그렇고."

"아아, 흐음."

니타니 씨는 알겠다는 식으로 고개를 한 번 끄덕였지만, 이어서 뭔가 생각하는 듯 크게 숨을 내쉬었다.

오늘 니타니 씨와 둘이 참석한 사외 연수에는 원래 아시카와 씨도 참석할 예정이었다. 업무에 필요한 관계법령 세미

나로, 사전에 대량의 자료를 보내줬는데 후지 씨가 "미리 안 읽어두면 절대 이해 못해"라고 조언하기에 이 주에 걸쳐 조금씩 읽었다. 아시카와 씨와도 며칠 전에 "연수 자료 다 읽었어?"라고 서로 확인한 참이었다. 어제 주최자가 보낸 재안내 메일에 '많은 분이 참석하시는 귀중한 기회인만큼, 타사와의 교류를 겸해 후반부에 짧게나마 그룹 활동을 시행하고자 합니다'라고 적혀 있었다. 너무 이해도가 낮은 상태로 참석하면 창피하겠다. 타사 사람과의 합동 연수도 잘 없는 일이고. 그렇게 생각하며 조금 긴장했는데, 아침에 전철을 타고 행사장으로 가는 길에 아시카와 씨에게서 문자메시지가 왔다. 몸이 안 좋아서 오늘 연수에 빠진다는 내용이었다.

"아시카와 선배, 2월에 했던 연수도 당일에 빠졌잖아요. 전날까진 딱히 가기 싫어하는 눈치가 아니었는데 갑자기."

"몸이 안 좋아져서 쉬는 일이 종종 있나봐. 내 생각인데, 원래 많은 사람과 만나는 걸 별로 안 좋아하고, 게다가 이번처럼 하루 전에 갑자기 그룹 활동을 한다는 식으로 예상 못한 일이 생기는 걸 몹시 꺼리는 거 같아."

니타니 씨가 맥주를 한 모금 마시고 말을 잇는다.

"아시카와 씨가 별로라고 해서 오시오 씨랑 좀더 직접적으로 얽힌 이해관계에 대한 얘기인 줄 알았어. 무슨 말이나 행동 때문에 그런 게 아니라, 단순히 일을 못해서 짜증난다는 거야?"

"그렇다기보다, 일 못하는 걸 주위에서 이해해주는 점이 싫은 거 같아요."

나도 하이볼을 마시며 말한다. 알코올로 목을 씻어내린다.

"방금 선배가 한 얘기요, 예정에 없던 일을 꺼린다는 거. 아마 그 때문일 거라고 저도 생각하는데, 아시카와 선배가 딱 잘라서 그렇게 말한 건 아니잖아요. 자기는 그런 게 싫고 잘 못한다고 밝힌 적도 없는데 지점장, 후지 씨, 다른 사람들, 심지어 우리 지점에 온 지 아직 석 달밖에 안 된 니타니 선배까지 다 알고 있죠. 그래서 배려해주고. 그게 엄청 신경질이 나요."

"뭐, 요즘 시대가 그렇잖아."

"알아요. 그래도 짜증나요."

알긴 아는데, 제가 속이 좀 좁아요. 입안에서 작게 중얼거린 말이 들렸는지, 니타니 씨는 표정을 바꾸지 않고 속 좁다고는 생각 안 해, 라고 말했다.

"회사에서 똑같이 월급 받는데 누구는 배려해주고, 나한테는 배려는커녕 오히려 그 사람 몫까지 하라고 하면 좀 열 받지. 이해해."

니타니 씨가 석 잔째 맥주를 비웠다. 말하면서 태블릿을 눌러 술을 주문한다. 이번에도 맥주를 마실 모양이다. 니타니 씨는 음식에 비해 술을 훨씬 많이 마시는 편이다.

"일을 못하는 사람이 있고, 하지만 누군가가 그 일을 하지 않으면 회사는 돌아가지 않아. 그러면 잘하는 사람이 그 일을 하게 되고, 그 사람만 계속 일하게 돼. 출세는 하겠지만 일을 잘하는 게 꼭 출세하고 싶다는 건 아니잖아. 할 수 있으니까 그냥 하는 거지. 내 동기 중에 벌써 두 명이나 휴직계를 냈거든. 그러고 나서 복직했더니 예상대로 종합사무부로 쫓겨나더라고." 사내에서 가장 야근이 적고 심신에 문제가 있는 사람이 주로 이동되는 부서명을 언급한다. "매일 정시에 퇴근하면서 보너스는 우리랑 똑같이 받아. 출세는 못하겠지만 그대로 여유롭게 정년까지 일할 수 있다면 그러는 게 제일이지. 완전 최고야."

최고의 근무방식. 나는 중얼거린다. 조금 전과 마찬가지로 입안에서 작게 중얼거렸지만, 이번에 니타니 씨는 반응하지 않았다. 목소리가 조금 커졌다. 취기가 도는 건지도 모른다. 점원이 풋콩 접시를 가져다줬다.

"풋콩, 아까도 먹었잖아요. 두 접시째예요?"

"채소도 먹어야 하니까."

그러면 샐러드를 시키면 될 텐데, 라고 생각하지만 맥주에 양상추보다는 풋콩을 먹고 싶은 마음은 공감한다. 나도 풋콩에 손을 뻗었다. 니타니 씨가 껍질을 쌓아둔 접시를 내 쪽으로 밀어줬다. 삶아서 냉장한 모양인지, 풋콩은 구석구석까지 차갑고 말랑거렸다.

"그런 식으로 일하는 게 짜증난다고 생각했는데, 어쩌면 부러운 걸까요? 부러운 거랑은 좀 다른데. 아무리 생각해도 그렇게 되고 싶진 않거든요. 짜증은 나는데, 싫은 거랑은 좀 다르고."

"좀전에 아시카와 씨 별로라고 하지 않았어?"

"직장 동료가 아니었다면 안 싫어했을걸요? 아시카와 선배, 그냥 보면 좋은 사람이잖아요. 제가 그런 타입이랑 개인

적으로 친해진 적은 없으니, 직장에서 안 만났으면 어울릴 일도 없었겠지만요."

"그럼, 직장 동료가 아니면 만날 일이 없다는 소리잖아."

"그렇네요. 싫어하게 될 운명인 걸까요?"

운명이라니, 니타니 씨가 웃음을 터뜨린다. 입에 풋콩이 들어 있었는지 황급히 손으로 입가를 가린다. 그 모습에 나도 웃음을 터뜨렸다. 취했네, 라고 생각한다. 웃음의 끓는점이 낮아졌다. 젓가락만 굴러가도 우습다*는 말이 떠올라, 테이블에 가지런히 놓아둔 젓가락을 살짝 굴려본다. 그걸 보고 또 웃는다. 대체 뭘 하는 건지. 어이가 없어서 웃는다. 이거 재미있네. 웃음이 끊임없이 솟아난다. 목 아래쪽에서 계속 생겨난다. 코 먹은 소리가 난다. 진짜 재미있다. 그렇게 소리 내어 말해보자, 니타니 씨가 제 이마에 손을 얹고 뜨거운 숨을 토했다. 그 모습에 안심한다. 니타니 씨가 이렇게 웃는 모습을 회식 자리에서는 본 적이 없다. 몸을 테이블에 바짝 붙이고 니타니 씨 가까이 얼굴을 가져간다.

* 주로 사춘기 시기에 사소한 일로도 쉽게 웃는 일을 가리키는 속담.

"그러면요, 선배. 저랑 같이 아시카와 선배한테 못된 짓 하지 않을래요?"

니타니 씨는 목 스트레칭을 하듯 고개를 오른쪽으로 크게 기울이고 왼쪽 귀를 천장으로 향하는 자세를 취했다. 낯선 각도로 기운 니타니 씨가 차가운 눈으로 웃었다. 아니, 차가운 눈이 아닌지도 모른다. 취한 상태에서 진지한 표정을 유지하려다보니 빤히 쳐다보는 모양새가 됐을 뿐이다. 선배가 나를 차갑게 쳐다볼 이유가 없지 않은가. 그렇게 생각하면서도 점점 초조해져 농담이에요, 라고 덧붙이려는 순간, 니타니 씨가 "좋아" 하고 말했다. 이것 봐, 괜찮아. 괜찮잖아. 나는 거의 남아 있지 않은 하이볼 잔을 들어올렸다.

"건배!"

내 잔을 니타니 씨의 잔에 부딪쳤다. 뭐야, 나는 술 없는데, 니타니 씨가 불만스럽게 입을 삐죽인다. 나는 웃으면서 주문용 태블릿에 손을 뻗었다. 우리 더 마셔요. 실컷 마시자고요. 진짜 재미있다. 그렇게 말하고 니타니 씨의 팔을 쓰다듬듯 가볍게 툭 친다.

오시오 씨는 입사하고 비교적 금방 아시카와 씨를 따라잡았을 거라고 니타니는 상상한다. 이 회사는 주로 식품이나 음료의 라벨 패키지를 제작하는 곳으로, 도쿄 본사에 디자인부가 있고 전국 여덟 개 지점에 자신들이 속한 영업부가 있다. 오시오 씨는 대학교 졸업 후 바로 입사해서 올해로 오 년 차, 아시카와 씨는 육 년 차다. 신입으로 입사한 오시오 씨가 일 년 선배인 아시카와 씨와 한 팀이 되었다. 자리도 옆이다. 오시오 씨는 분명 입사 초에는 아시카와 씨를 좋아했을 것이다. 상냥한 선배가 사수라서 다행이라고 안심했겠지. 하지만 입사하고 반년쯤 지났을 즈음에는 지긋지긋해지지 않았을까.

니타니는 그랬다. 입사는 아시카와 씨보다 일 년 빠르지만, 육 년간 도호쿠 지방의 지점에 있었다. 석 달 전 사이타마로 전근 와서 아시카와 씨에게 이곳 업무를 인계받았다. 그런데 여기 오고 이 주쯤 됐을 무렵 벌써 그런 생각이 들었다. 이 사람은 제칠 수 있겠다, 오래 걸릴 것도 없이 바로, 손쉽게. 그런 눈으로 보게 된 사람을 존경하기란 어렵다. 그리고 일말의 존경심도 없으면, 자신이 직접 선택하지도 않은 직장 동료에게 단순한 호의를 지켜나갈 수 없다.

니타니가 전근 온 4월, 아시카와 씨에게 막 인계받은 업무에서 실수를 했다. 납품이 하루 앞당겨졌다는 얘기를 전달받지 못해서, 왜 납품이 안 되느냐는 거래처 연락을 받고서야 부랴부랴 찾아가 사과하고, 다음날 다시 납품하러 갔다. 다행히 하루 늦어져도 큰 지장이 없었던 모양인지, 묵직한 선물용 과자 세트를 내밀며 사과하자 받아줬다. 니타니가 인계받은 서류에 납품일이 잘못 적혀 있었다. 나중에 확인해보니 아시카와 씨가 니타니를 참조에 넣고 발송한 메일에는 납품일이 제대로 적혀 있었다. 아시카와 씨가 니타니에게 거듭 사과했지만, 니타니는 자기가 다시 확인하지 않은 탓도 있으니 어쩔 수 없다고 생각했고 아시카와 씨에게도 그렇게 말했다. 다만 거래처에 사과하러 갈 때 아시카와 씨가 동행하지 않았던 점과 사과 전화를 후지 씨가 대신 걸었다는 점이 신경쓰였다. 거래처 방문이야 담당자인 니타니가 맡는 것이 옳다고 할 수도 있다. 전화 역시 책임자급인 후지 씨가 대신

해준 건가 싶었는데, 나중에 후지 씨가 설명해줬다. "아시카와 씨, 전에 다니던 회사에서 괴롭힘을 당한 모양이라 지금도 목소리 큰 남자를 대하는 게 좀 어려운가봐"라고. 그때, 입사 시기로는 일 년 후배인 아시카와 씨가 나이는 자신보다 한 살 많아서 올해 서른이라는 사실을 알게 되었다.

거래처 담당자는 체격이 크고 목소리도 큰 중년 남자였다. 니타니가 과자 세트를 건네자 "앞으로는 조심 좀 해주십쇼!"라고 큰 소리를 냈지만 고압적인 태도는 아니었다.

씻지 않고 내버려둔 냄비 안의 탁한 물 같은 마음속에 '의지박약'이라는 단어가 떠올랐을 때, 니타니는 더이상 아시카와 씨를 존경하지 않게 되었다. 그러자 자위할 때 아시카와 씨를 떠올리는 것도 아무렇지 않아졌다. 참 이상하게도, 막연히 귀엽다고 생각했을 때보다 그녀의 약한 부분에 눈이 가게 된 지금, 상상 속의 모습에 성적인 매력이 더해졌다. 들어본 적 없는 종류의 목소리로 아시카와 씨는 늘 울고 있다. 울면 울수록 더 좋았다.

전근 온 다음날인 금요일 환영회에서, 당시에는 아직 이름을 외우지 못했던 파트타이머 하라다 씨가 니타니에게 다가와 한참 동안 아시카와 씨 얘기를 했다. 회사에서 몇 정거장 떨어진 곳에 가족들과 다 같이 산다, 부모님이 계시는데도 요리를 무척 잘한다, 그냥 요리뿐 아니라 베이킹까지 잘한다, 모든 이에게 다정하고 늘 웃는 얼굴이고 나쁜 점이 하나도 없다.

아, 그렇군요, 니타니는 적당히 대답했다. 그러면서 내 또래 동료의 정보를 알려주려는 걸까, 그렇다면 오시오 씨도 같은 이십대인데 왜 얘기가 나오지 않을까 의아하게 생각하는데, 하라다 씨가 유독 짙게 칠한 눈썹이 두드러지는 얼굴에 미소를 띠면서 물었다. 그런데, 니타니 씨는 사귀는 사람 있어?

그 순간 니타니는 올해 아흔 살이 되는 할머니의 얼굴을 어렴풋이 떠올렸다. 몸은 여기저기 안 좋지만 정신은 말짱해서, 요양시설로 니타니가 찾아뵈면 꼭 "증손자가 보고 싶구나" 같은 소리를 한다. 여동생에게 오래 사귄 애인이 있기에 "그쪽에 말하시는 게 빨라요"라고 흘려넘기지만, 할머니는 "아니지. 우리집 핏줄을 이은 증손자가 보고 싶은 게야" 하며 들은 척도 안 한다.

옛날 분이라 장남인 니타니가 대를 이을 사람이라고, 고로 귀하게 여겨야 한다고 생각하는 구석이 있었다. 어릴 때부터 니타니에게만 과자를 주거나, 식사 때 자기 접시에서 니타니 접시로 고기를 한두 점 옮겨주곤 했다. 만날 오빠만 챙겨주고 치사해, 하며 차가운 눈으로 바라보던 어린, 어리다고 해봐야 초등학교 고학년 정도이던 동생의 얼굴이 떠오른다. 치사하다고 말하는 그 얼굴에서 엿보인 건 부루퉁하게 뺨을 부풀린 귀여운 표정이 아니라, 어린아이만이 솔직하게 내보일 수 있는, 철저한 경멸이 섞인 가차없는 시선이었다.

나도 언젠가 결혼하겠지, 니타니는 생각한다. 결혼하고 싶어서가 아니라, 결혼하기 싫다고 생각한 적이 없기 때문이다. 세상에는 평생 결혼하지 않기로 결심한 사람도 있지만 그런 건 확고한 의지가 있을 때의 얘기고, 별다른 꿈이 없는 자신 같은 사람은 언젠가 결혼하는 게 이치에 맞다. 그렇다면 기뻐해줄 사람이 그나마 많을 때 하는 편이 낫겠지, 그런 생각이었다.

그래서 아시카와 씨가 울었을 때 먼저 손을 내밀었다. 지난번과 또다른 거래처에서 큰 소리를 듣고 온 아시카와 씨를, 명백히 상대편 잘못이고 단순한 화풀이일 뿐이니 신경쓰지 말라며 다 같이 위로했다. 진정될 때까지 쉬고 오라고 하자 아시카와 씨는 탕비실에 틀어박혔고, 니타니는 보는 눈이 없는 때를 노려 들어갔다. 괜찮아요? 말을 걸면서 아시카와 씨에게 다가갔다. "자기가 잘못했다고 생각해서 우는 거 아니죠? 그쪽에서 화내서 무서웠던 거죠?" 그렇게 말하며 아시카와 씨를 제 그림자에 숨기듯 마주섰다. 아시카와 씨는 손수건으로 눈가를 누르며 고개를 끄덕이고 소리 내어 한숨을 쉰 다음 "니타니 씨는 화 안 낼 거 같아요"라고 아주 작은 목소리로 말했다.

당신은 아무리 작게 말해도 주위에서 다 들어주는 자리에 있군요. 니타니는 손을 뻗어 아시카와 씨의 어깨에 얹었다. 지금껏 만져본 여자의 어깨 중에서도 가장 가녀리고 얄팍한, 마치 안에 아무것도 들지 않은 것처럼 힘없는 어깨였다.

첫 데이트에선 영화를 보러 갔다. 액션이 화려하다고 입소문이 난, 보고 나서 재미있었다는 감상을 주고받기에 딱 좋은 영화였다. 아시카와 씨는 매점에서 팸플릿을 샀다. "그렇게 재밌었어요?" 니타니가 놀라자 아시카와 씨는 "기념이니까요"라며 미소 지었다. 와인과 이탈리아식 오믈렛이 맛있다는 레스토랑에서 저녁을 먹고 헤어졌다.

두번째 데이트에선 도쿄 시내로 나가서 슈하스코를 먹었다. 리듬이 경쾌한 브라질 음악이 흐르는 소란스러운 식당에서 삼바 의상을 입은 점원이 쇠꼬챙이에 꽂혀 나온 고기를 잘라 접시에 담아줬다. 아시카와 씨는 "와, 신기해요! 저 혼자서는 절대 못 왔을 거예요" 하며 즐거워했다.

세번째 데이트 장소는 니타니의 집 근처 선술집이었다. 중년 부부 둘이서 운영하는 오래된 가게인데, 술 종류는 적지만 병맥주를 곁들여 저녁을 먹기에는 적당하다. 가게 안 텔레비전에는 대개 요미우리 자이언츠의 경기가 나왔다. 일주일에 몇 번 그곳에서 저녁을 먹는다는 말에 아시카와 씨가 가보고 싶다고 해서 데려온 것이었다. 만나기로 한 역 앞에 아시카와 씨는 회색 원피스 차림으로 나타났다. 점잖은 옷차림과 정성스레 안쪽으로 만 어깨 길이 머리가 가게 분위기와 어울리지 않았지만, 애초에 남의 눈을 신경쓸 만큼 손님이 많지도 않았다.

"평소에는 어떤 걸 시키세요?"

"병맥주랑 풋콩, 생선구이, 달걀말이…… 그리고 된장국 정도요."

"진짜 저녁식사네요."

아시카와 씨는 어째선지 재미있다는 듯 웃었다. 니타니도 마주 웃었지만 내심 조금은 짜증이 났다. 아시카와 씨처럼 부모님 집에서 어머니가 밥상을 차려주시는 게 아니라서요, 하는 말이 목구멍으로 나오지도 못하고 뱃속에 똬리를 틀었다가, 벌컥벌컥 들이켠 맥주에 씻겨내려가 그대로 녹았다. 녹아 사라지고 나면 니타니도 더이상 그런 말의 존재를 기억하지 못한다. 그렇게 한순간 사라져버리는 말과 그 말이 태어나는 계기가 된 감정을, 니타니는 꼼꼼하게 잊어간다.

"이 달걀말이 엄청 맛있네요."

아시카와 씨가 눈을 동그랗게 뜬다. 자기 들으라고 하는 말치고는 목소리가 크다 싶었더니, 아시카와 씨가 니타니 뒤쪽으로 시선을 보내며 생글생글 웃는다. 아무래도 가게 주인장에게 웃어 보이는 모양이다. 그런 서비스는 왜 하는 거야,

니타니는 또 짜증이 난다. 맛있다, 진짜 맛있어요. 아시카와 씨가 연신 같은 소리를 했다. 니타니는 빈정대는 것처럼 들리지 않게 밝은 목소리로, 그리고 실제로 감탄스럽기도 한 심정을 담아 말한다.

"아시카와 씨는 정말 맛있게 먹네요."

"그래요?"

아시카와 씨가 칭찬받을 때 보이는 표정을 짓는다. 기뻐하는 듯한 감정 사이사이에, 아니에요, 하는 겸손을 끼워넣을 자리를 비워둔 미소다.

"먹는 걸 좋아하나봐요."

"글쎄요. 잘 챙기면서 사는 걸 좋아하는 거 같긴 해요. 먹고 자는 것처럼 살아가는 데 필수적인 것들은 좋고 싫고의 문제가 아니라고 생각하거든요."

싫어하는 것도 마음대로 못하나? 니타니는 어느새 입안에 고인 씁쓸한 타액을 삼킨다.

"나는 이렇게 술집에서 저녁 먹는 날 아니면 편의점 음식만 먹어요. 삼각김밥이나 빵 같은 거."

네? 아시카와 씨가 눈을 휘둥그레 뜬다.

“그건 좀 걱정스럽네요. 된장국이라도 만들어보면 어때요? 물을 끓여서 조미된 된장을 풀고 두부랑 채소만이라도 넣어서요. 칼 쓰기 귀찮으면 두부를 숟가락으로 필요한 만큼만 떠도 되고 손으로 으깨도 괜찮아요. 채소도 가위로 대충 자르면 간단하고요. 그렇게 직접 만든 따뜻한 음식을 먹으면 몸이 훈훈해지지 않나요?”

전혀, 팔을 휘둘러 상대를 후려치는 듯한 속도로 니타니는 생각한다. ‘몸이 훈훈해져요’가 아니라 ‘훈훈해지지 않나요’라는 의문형으로 끝난 걸 떠올리고 “그렇겠네요”라고 대답한다. 보글보글 끓는 냄비를 바라보면 내가 점점 닳아가는 기분이 들어요, 라고 이 사람에게 말해봤자 그게 무슨 뜻인지 전달되지 않으리라 생각하니 턱에서 힘이 빠진다. 씹는 게 귀찮다. 아시카와 씨 같은 사람들은 ‘손쉽고 간단한’ ‘5분 레시피’ 같은 말을 늘어놓으며, 먹을 것과 마주하는 시간을 강요한다.

그런 건 됐고, 오늘은 아마 섹스하겠지. 간 무를 달걀말이에 얹어서 입으로 옮기는 아시카와 씨를 바라본다. 세번째 데이트 때까지 진도를 나가지 않은 건, 직장 동료이니 신중

하게 행동해야 나중에 귀찮아지지 않아서라고 스스로는 생각한다. 하지만 예전에도 같은 지점에서 근무한 파견사원이나 아르바이트생과 사귀는 사이도 아니면서 잔 적이 있으니, 그것이 가장 큰 이유는 아니다. 과거에 관계를 가진 여자들과 트러블이 한 번도 없었던 건 아니지만, 대체로는 쌍방의 이해하에 뒤탈 없이 헤어졌다. 현재 같은 지점에서 일하고, 둘 다 싱글이며, 몇 년 안에 각자 다른 지점으로 옮겨갈 것이라는 조건만 보면 지금까지의 케이스와 다를 것 없지만, 니타니를 신중하게 만든 건 말하자면 아시카와 씨 특유의 함부로 대할 수 없게 만드는 분위기였다. 사실 그런 분위기야말로 니타니의 취향인지도 몰랐다. 니타니는 미덥지 못하고 연약해 보이는 상냥한 여자를 좋아하는데, 선이 가늘고 작은 체구에 웃는 낯인 여자 중에서도 그 연약함 속에 나는 당연히 보호받아야 한다는 식의 뻔뻔함이 보이는 사람에게 묘하게 더 끌렸다.

아시카와 씨가 화장실에 간 사이 계산을 하는데 영수증을 가져온 아주머니가 "방금 여자친구분이 주방까지 오셔서 음식이 다 맛있었다고 하시더라고요"라고 해서 당황했다. 조금 전 주인장에게 그랬듯 니타니가 보는 앞에서 그렇게 군다면 세번째 데이트에서 호감을 주려는 의도라고 그나마 이해할 수 있지만, 보이지 않는 데서도 그런 식이라니. 당황스러워서 머릿속이 아득해지는 느낌이다. 내가 지금 건드리려는 여자는 왠지 속을 알 수 없는, 애지중지 다뤄야 하는 타입인 게 아닐까, 하는 생각이 든다.

편의점에서 캔맥주와 차를 사서 함께 니타니의 집으로 갔다. 하나뿐인 좁은 방을 둘러본 아시카와 씨가 "깔끔하네요"라고 감탄했는데, 오늘은 자기가 올 가능성이 높으니 구석구석까지 청소했으리라고 생각하는 듯 보이기도 했다. 니타니는 그 모습에 쉽게 삼키기 힘든 답답함을 느꼈지만, 그렇다고 "오늘 나 데려오려고 열심히 청소한 거죠?"라는 농담을 하는 여자는 싫었다. 그러니까 아시카와 씨의 반응은 정답이었다. 자신이 정답을 골랐다는 걸 알았다. 끌어안았을 때, 품안에서 아시카와 씨가 만족스럽다는 듯 작게 숨을 내쉬었다.

아침에 일어나니 희미하게 두통이 났다. 아침은 항상 거르지만, 진통제를 먹기 위해 어쩔 수 없이 냉장고에 있던 젤리를 위장에 넣는다. 커다란 황록색 포도 알갱이가 입안에서 으깨지며 신맛이 났다. 투명하고 걸쭉한 젤리와 함께 최대한 씹지 않고 약을 삼켰다. 집에서 나와 걷는 사이에 약효가 돌아 아픔이 가셨다.

회사 근처 편의점에서 나오는 길에 우연히 아시카와 씨를 만나 같이 걸었다.

"어제 사외 연수 어땠어요?"

아시카와 씨의 질문에 니타니는 "평범했어요"라고만 대답한다. 연수를 마치고 오시오 씨와 단둘이 한잔하러 갔다는 말은 굳이 할 필요 없다. 아시카와 씨가 "다행이네요"라고 말했지만, 니타니는 뭐가 다행인지 알 수 없었다. 연수를 착실하게 받아서 다행이라는 말인가. 아시카와 씨는 그랬어요? 정도로 대꾸해도 될 상황에서 "다행이네요"라고 말할 때가 많다. 다행이네요, 좋겠다, 부러워요 등등으로 응용되는 그 말이 아시카와 씨다워서 호감이 간다.

“앗, 후지 씨다.”

아시카와 씨가 가리킨 도로 건너편에 은색 SUV가 신호를 기다리고 있었다. 운전석에 앉은 후지 씨는 둘을 알아채지 못한 듯 정면만 보고 있다. 손을 흔들어볼까 고민하는 사이에 신호가 바뀌어서 출발해버렸다.

“표정이 좀 굳어 있던데요.”

아시카와 씨가 말했다. 니타니는 굳었다기보다 그냥 혼자 있을 때의 얼굴이지 않나 생각했지만, 아시카와 씨는 “뭐 안 좋은 일이 있었던 걸까요”라고 말을 이었다.

“사모님과 싸우셨다든가.”

“혼자 있을 때는 다들 저렇잖아요. 상대방이 있어야 표정이 생기는 거고.”

“어, 그래요?” 아시카와 씨가 놀라면서 뺨에 손을 갖다댔다. “저는 혼자일 때도 표정이 있는 거 같은데.”

니타니는 뭐라고 대꾸해야 할지 몰라 작게 고개를 끄덕인다. 그리고 그것만으로는 쌀쌀맞은가 싶어서 “정말요?” 하고 되물었다.

"되도록 웃고 있어야 건강에 좋다는 말, 들어본 적 없어요? 웃을 때만 몸에서 생성되는 무슨 좋은 성분이 있대요. 그래서 저는 혼자 있을 때도 가급적 입꼬리를 올리고 있으려 해요. 이렇게."

아시카와 씨가 입술 양끝을 바짝 올려 보인다. 그렇게 굳이 보조개를 만들지 않아도 아시카와 씨는 오늘 처음 보았을 때부터 계속 웃는 얼굴이었다. 니타니는 제 표정을 의식했다. 아시카와 씨의 반대쪽이나 앞을 보고 있을 때도 자연스럽게 입꼬리가 올라가 있다. 언제 눈이 마주쳐도 상관없도록 얼굴이 준비한 것일 테다. 하지만 평소와 다른 성분이 몸에 생성된 것 같지는 않다.

"입꼬리를 올리기만 해도 효과가 있는 걸까요? 재미있는 걸 보거나 해서 감정이 움직여야 생성되는 게 아니라?"

"글쎄요. 잘 모르겠지만, 웃고 있는 편이 편하니까요."

그건, 하고 니타니가 말을 꺼내려는 참에 뒤에서 하라다 씨가 안녕, 하며 말을 걸었다. 하라다 씨에게 아시카와 씨 옆자리를 양보하고 니타니는 두 사람보다 앞서 걸었다. 이따금 고개를 반쯤 뒤로 돌려서 대화에 낀다. 줄곧 앞을 바라보는 만큼 입꼬리가 아까보다 내려갔음을 깨닫는다. 동시에 진통제로 사라졌을 두통이 어렴풋이 남아 있는 게 느껴졌다. 머릿속 한구석이 쿡쿡 찌르는 게 아니라 묵직하게 아팠다.

일하는 틈틈이 확인해보니 확실히 아시카와 씨는 늘 표정이 있었다. 대체로는 미소를 짓고 있다. 컴퓨터 화면이나 손에 든 자료를 보면서도, 탕비실에서 방문객이 쓴 찻잔을 씻으면서도 살짝 입꼬리를 올리고 있다. 누군가가 "아시카와 씨" 하고 말을 걸면 입꼬리가 한층 올라가고 눈이 커진다. 웃고 있지 않을 때도 완전히 무표정은 아니고, 어려운 안건에 부딪혔을 때는 고민스러운, 혹은 속상해하는 표정을 띠었다. 눈썹을 치켜올리는 게 아니라 오히려 아래로 늘어뜨리고, 보는 사람이 불안해질 정도로 눈빛이 약해졌다. 그렇게 희로애락을 또렷하게 드러내는데도 화내는 모습은 본 적이 없다. 누군가를 노려본 적도, 남들 들으라고 한숨을 내쉰 적도, 수화기를 내던지다시피 소리 내어 내려놓은 적도 없고, 한창 바쁠 때 불러도 못 들었다는 듯 한 박자 늦게 대답하거나 컴퓨터를 응시한 채 낮은 목소리로 대답하는 일 없이, 예의 입꼬리를 바짝 올린 얼굴로 "넵" 하고 작게 받침까지 붙여 밝은 목소리로 대답했다.

정말 착하다니까. 늘 누군가를 칭찬하지 않으면 대화가 이뤄지지 않는다고 생각하는 듯한 하라다 씨는 끊임없이 아시카와 씨를 칭찬한다. 눈치 빠르고, 우리 같은 파트타이머들한테도 상냥하고, 베이킹이 취미고, 귀엽고, 아주 참해. 우리 며느리로 삼고 싶을 정도야. 니타니는 네, 맞아요, 그렇죠, 정도로만 대답했는데, 어느 날 후지 씨가 "하라다 씨, 적당히 좀 해"라며 웃으면서 말렸다. 하라다 씨는 기분이 상했는지 언짢은 표정을 지으면서 "내가 오지랖을 부렸나" 하며 입을 내밀었다.

하라다 씨는 오시오 씨도 칭찬한다. 아시카와 씨한테 그러듯 착하다고 평하기도 했지만, 그보다는 "역시 학생 때 치어리더 했던 사람이라 다르네. 무려 규슈대회 우승!"이라고 할 때가 압도적으로 많았다. 오시오 씨가 고등학생 때 치어리딩부였다는 모양이다. 후지 씨가 "엄청 짧은 치마 입고 응원하는 그거 말이지?"라고 히죽거리면 하라다 씨가 "아유, 징그러워" 하며 반응하고, 오시오 씨가 "다 옛날 일이에요"

라면서 대화를 끝내려는 듯 차갑게 말한 다음 아시카와 씨가 "그래도 대단해"라고 부드럽게 말꼬리를 늘이며 여기저기 흩어진 감정과 기분을 하나로 무난하게 수습하는 것까지가 대화의 한 세트였다.

니타니는 바닥에 앉아 침대에 기댄 자세로 부엌에 선 아시카와 씨를 바라보았다. 부엌칼로 당근을 써는 아시카와 씨는 입가에만 미소를 띠고 있다. 식재료를 바라보는 눈길이 진지한 것이 평소 일할 때보다 믿음직해 보였다.

"뭐 만들어요?"

"옥수수솥밥 만들고, 전갱이 구우려고요."

그 메뉴 중 어디에 당근을 쓰려는 건지 알 수 없지만 일단 고개를 끄덕인다. 당근 같은 건 카레를 만들 때가 아니면 사지 않는다. 그것 말고는 용도를 모른다. 마트에 파는 샐러드에도 안 들어 있고, 그러고 보니 마지막으로 먹은 게 언제인지 기억도 나지 않는다. 토마토와 양상추는 가끔 먹고, 호박은 얼마 전에 튀긴 칩을 팔길래 사 먹었다. 당근은 왠지 거리가 느껴진다. 자신과는 매우 거리가 먼 음식이다.

니타니는 유리잔에 따른 탄산수를 마셨다. 개그맨 영상을 보고 싶었지만 아시카와 씨가 요리하는 동안 자기만 너무 늘어져 있을 순 없으니 휴대전화로 뉴스사이트를 훑어본다. 이따금 관심 가는 뉴스가 있으면 소리 내어 읽으면서 아시카와 씨에게 알려준다. 혼자 사는 이 집에는 텔레비전이 없다. 원래 잘 보지도 않고, 보고 싶은 프로그램이 있으면 나중에 인터넷에서 찾아 보면 되니까 전혀 불편하지 않지만, 결혼하면 텔레비전을 사는 편이 좋겠다고는 생각한다. 이런 때 휴대전화나 컴퓨터로 동영상을 재생해 보는 행동은 이기적으로 느껴지지만, 텔레비전이라면 자기 손으로 채널을 고른다고 반드시 보고 싶은 방송이 나오는 건 아니니 틀어놔도 괜찮을 듯한 느낌이다. 그런 생각을 하면서 니타니는 상상 속 결혼생활에 자연스럽게 아시카와 씨를 대입하고 있다는 사실을 깨닫고 혼자 조용히 움찔했지만, 결국 자기는 아시카와 씨, 혹은 아시카와 씨와 비슷한 사람과 결혼하는 편이 좋을 거라고 인정하기도 했다.

"옥수수솥밥은 처음 먹어보네요."

"꽤 맛있어요. 여름철 솥밥 중 단골 메뉴죠."

둘이 있을 때면 니타니든 아시카와 씨든 말투가 조금은 편해지지만 상호존대는 유지중이다. 직장에서 쓸데없이 친해 보이는 게 싫어서 호칭이나 말투를 크게 바꾸지 않았다. 둘이 상의해서 정한 건 아닌데 자연스럽게 그렇게 되었다. 그래서 몸을 섞을 때도 말은 적게, 숨소리와 '아' '우' 하는 모음만 주고받는다. 그게 몹시 동물적이어서 니타니는 마음에 든다. 행위가 끝나면 아시카와 씨는 샤워도 하지 않고 곧장 잠드는데, 그것도 마음에 들었다.

오늘도 옥수수솥밥과 전갱이구이, 당근을 채 쳐서 초절임한 샐러드를 먹은 뒤, 위장의 내용물이 다 소화되기도 전에 몸을 섞고 나자, 아직 열시밖에 안 됐는데 아시카와 씨는 잠들어버렸다. 알몸인 아시카와 씨가 감기에 걸리지 않도록 목까지 이불을 덮어줬다. 머리만 밖에 나온 아시카와 씨가 곤히 자고 있다. 잠든 얼굴에는 표정이 없어서 어딘가 고장난 것처럼 보인다. 일어나서 움직일 때가 더 귀엽다.

침대에서 빠져나와 부엌으로 가서 물을 끓인다. 주전자가 없어서 냄비에 물을 받고 가스레인지에 올렸다. 냄비 안에서 부글부글 물 끓는 소리가 되도록 작게 나게끔 약불로 줄여둔 탓에 끓기까지 오래 걸린다. 간간이 아시카와 씨가 깨지 않는지 곁눈질로 확인한다. 방에는 불을 끄고 부엌 싱크대 위쪽만 켜두었기에 아시카와 씨 얼굴 위로 비스듬하게 불빛이 비친다. 원래 코를 골지 않기 때문에 정말로 잠든 건지 자는 척하는 건지 알 수 없다.

끓은 물을 컵라면 용기에 붓는다. 부엌에 서서 삼 분을 채 못 기다리고 뚜껑을 열자, 끝내주는 냄새가 수증기 형태로 캄캄한 천장을 향해 솟아올랐다. 그 속에 얼굴을 들이밀고 코로 한가득 들이마신다. 들이마신 공기만큼 위장이 늘어난다. 단숨에 후루룩 먹어치우고 싶지만 아시카와 씨를 깨우고 싶지 않아 조용히 찔끔찔끔 먹는다. 한 손으로 휴대전화를 만지작거리며 팔십 퍼센트 정도 먹고 나니 그제야 저녁을 먹었다는 기분이 들었다. 처음 니타니의 집에 온 날, 냉장고 위에 산처럼 쌓여 있는 컵라면을 보고 아시카와 씨는 "엄청 많네요" 하며 눈을 휘둥그레 떴다. 아시카와 씨는 컵라면 같은 건 안 먹을 거 같네요. 니타니가 말하자 왠지 난처하다는 얼굴로 "네, 그다지"라고 대답했다. 그러고 보니 부모님 집에서는 컵라면을 못 먹게 했지, 하고 니타니는 생각한다.

먹고 싶은 기분도 풀렸고 애초에 배가 많이 고프지 않았지만 남겼다가는 내일 아시카와 씨에게 들킬 테니 어쩔 수 없이 마저 다 먹는다. 국물은 마지막에 한 모금만 마시고 나머지는 버렸다. 그 위로 수돗물을 한참 흘려보내서 냄새를 없앤다. 컵라면 용기를 물로 헹궈 쓰레기봉투에 넣었다. 쓰레기통이 없어서 40리터짜리 쓰레기봉투를 입구를 벌린 채로 바닥에 놔두고 쓴다. 안에는 아시카와 씨가 요리에 쓴 생선 팩과 채소 포장지, 당근 꼭지와 양파 껍질 등이 들어 있었다. 편의점에서 도시락을 사 먹을 때보다 쓰레기가 많이 나온다. 젓가락을 써서 컵라면 용기를 최대한 안쪽으로 밀어넣는다. 파삭, 지층 아래서 플라스틱이 갈라지는 소리가 났다. 날카로운 소리에 깜짝 놀라 아시카와 씨 쪽을 보았지만 그녀는 여전히 눈을 감고 있다. 니타니는 귀를 기울여 여전히 들리지 않는 코골이 대신 새근새근 희미한 숨소리를 확인한 뒤, 오시오 씨는 분명 코를 골 거라고 막연하게 생각한다.

오늘 마트에 들렀다 오는 길에 아시카와 씨가 들뜬 목소리로 "고양이!"라고 외치며 길 앞쪽을 가리켰다. 인도 구석에 회색 고양이가 걸어가고 있었다.

"어떻게 봤어요? 꽤 멀리 있는데."

니타니가 말하자 아시카와 씨는 시선을 고양이에게 고정한 채 대답한다.

"동물 좋아하거든요. 이렇게 길을 걸을 때면 저도 모르게 고양이를 찾게 돼요. 실은 개를 더 좋아하지만요."

"그렇구나. 나도 개 좋아하는데. 어릴 때 키웠어요."

"정말요? 저희 집에서도 키워요. 믹스견인데, 이 정도 크기에." 라지 사이즈의 마트 봉투를 들어올린다. 아시카와 씨가 들고 있는 봉투에는 무겁지 않은 것들, 과자와 니타니가 혼자 있을 때 먹을 컵라면 등이 가득 들어 있다. "이름은 무코스케예요."

"무코스케."

"네. 유기견이라서 생일은 모르지만 올해 열 살이에요. 엄청 귀여워요."

"부럽네요."

그렇게 대답하자마자 아시카와 씨가 "다음에 보러 올래요?"라고 권할 줄 알고 마음의 준비를 했는데, 아시카와 씨는 "둘 다 개를 좋아한다니 마음이 잘 맞네요"라고만 말했다. 회색 고양이는 어느새 사라지고 없었다.

컵라면의 흔적이 완전히 사라진 걸 확인하고 새근새근 잠든 아시카와 씨 옆을 파고든다. 아시카와 씨의 숨소리가 멈춘다. 깼을지도 모르지만 그녀가 아무 말도 하지 않아 니타니도 말을 걸지 않는다. 아시카와 씨를 등지고 누워 화면 불빛이 저쪽에 가지 않도록 조심하면서 휴대전화를 만진다. 귀엽고, 상냥하고, 요리를 잘하고, 몸의 궁합도 나쁘지 않고, 개를 좋아하고, 가족끼리 사이가 좋고, 연상이지만 연하 같은 느낌이 있고, 몇 살이 되더라도 아마 평생 연하처럼 굴 사람. 지금껏 좋아해서 사귄 사람들의 얼굴을 떠올린다. 그중 비슷하지 않은 사람이라곤 없었다.

아시카와 씨가 조퇴한 건 오후 두시쯤이었다. 느닷없이 자리에서 일어나 후지 씨에게 가더니, 후지 씨가 지점장에게 말하고, 아시카와 씨는 여느 때처럼 퇴근했다.

아시카와 씨와 함께 작성하던 계약서 작업이 중단된 탓에 내일까지 품의서를 올리기는 어려울 것 같다고 후지 씨에게 말하자 어쩔 수 없다는 대답이 돌아왔다. 자네 혼자 못하면 어쩔 수 없지, 라는 말처럼 들렸다. 그렇지만요, 하지만요, 같은 말이 목구멍까지 올라오는 것을 삼켰다. 대신 "죄송합니다"라고 사과했다. 제 귀에도 놀랄 만큼 날카로운 목소리였다. 후지 씨가 골치 아프다는 듯 한숨을 쉰다. 아시카와 씨의 조퇴 요청은 친절하게 웃으며 들어줬으면서. 화가 난다. 화내봤자 소용없다는 걸 뻔히 알지만 화가 난다. 공평한 취급을 받는 일 자체가 불가능하다. 직장 상사는 특별한 훈련을 받은 교육자가 아니기에 편애라는 것을 한다. 누구나 자기가 일하는 방식이 옳다고 생각한단 말이지, 후지 씨는 그렇게 말했다. 무리하지 않고 퇴근하는 사람이든, 남들 배로 노력하는 사람이든, 야근을 안 하는 사람이든 자주 하는 사람이든, 자기 방식이 정답이라고 생각하는 거야. 오시오 씨도 그렇지? 하는 물음에 말문이 막힌다.

"어쩔 수 없잖아. 못하는 사람…… 아니, 아시카와 씨가 일을 못한다는 건 아닌데, 다른 면에서 좀, 뭐 힘든 일을 못하는 사람이야 늘 있기 마련이고, 그렇다고 자를 일은 못 되니까. 다른 회사들이 어쩌는지는 나도 모르지. 그런데 우리처럼 그럭저럭 규모 있는 회사에서는 그럴 수 없잖아. 회사에 다양한 사람이 있다는 건 이미 예상했을 테고. 아시카와 씨 정도면 괜찮은 편이야, 진짜로. 예전 지점에서 같이 일한 마키 씨라고 있는데, 사십대 중반쯤 되는 남자…… 오시오 씨도 들어봤을 수 있겠다. 아, 알아? 진짜 엄청났다니까. 꽃가루 알레르기 때문에 힘들어서 쉬겠다, 어깨가 뭉쳐서 아프니까 쉬겠다, 기압이 낮아서 몸이 무거우니 집에 가겠다, 노상 그랬어. 아니, 그런 거야 다들 마찬가지지만 참는 거잖아. 그리고 입만 열었다 하면 권리 타령이야. 근로자의 권리, 퀄리티 오브 라이프, 자신을 지킬 수 있는 건 자신뿐이라나. 무슨 말인지는 알겠어. 나도 그러고 싶고. 그런데 자신을 소중히 하겠다면서 집에 간 사람 몫의 일은 누가 하느냔 말이야. 그 시기에 꽃가루 알레르기로 안 힘든 사람이 어디 있어. 결국엔 꽃가루 알레르기로 힘들다고 집에 간 사람 일을 꽃가루 알레르기 있는 다른 사람이 하게 되잖아, 힘들게 야근하면서. 심지어 대부분 손도 안 댄 상태거나, 이러지도 저러지도 못하는 상태로 멈춰 있단 말이지. 마키 씨는 결혼해서 애도

둘인가 있었거든. 부인은 전업주부였던 모양인데. 너무하지 않아? 진짜 말이 안 된다니까."

나로서는 그 마키라는 사람과 아시카와 씨가 뭐가 다른지 알 수 없었지만, 다들 자기가 일하는 방식이 옳다고 생각한다는 후지 씨의 말은 이해됐다. 아시카와 씨는 무리하지 않는다. 하지 못하는 일은 안 하는 게 옳다고 생각한다. 나와는 기준이 다르다. 다른 규칙으로 살아가고 있다.

퇴근시간이 지나 한숨 돌리려고 탕비실에 커피를 내리러 간 니타니 씨에게 한잔하자고 권했다. 저녁 여덟시가 넘어서 함께 퇴근한다. 회사에서 따로 나와 술집에서 합류할지 물어보자 니타니 씨는 "왜? 같이 가면 되지" 하면서 미간을 찌푸렸다. 직장 선후배가 퇴근길에 한잔하는 건데, 왜 굳이 감추려는 듯 굴어야 해? 그렇게까지 말한 건 아니지만, 코끝을 손가락으로 쿡 찔린 기분이 들었다.

둘이 동시에 일어나 "먼저 가보겠습니다"라고 인사하자, 가슴을 책상 가까이 붙이고 컴퓨터 화면을 노려보던 후지 씨가 벌떡 몸을 일으키며 한마디했다. "뭐야, 둘이 한잔하는 거야?" 짜증난다고 생각하던 차, 니타니 씨가 "네, 가끔 이런 날도 있어야죠. 후지 씨도 같이 가실래요?"라고 말하는 바람에 저도 모르게 네? 하고 되묻고 말았다. "오시오 씨, 너무 싫어하는 거 아냐? 나 상처받았어. 확 따라갈까보다. 농담이고, 젊은 사람들 방해 안 할게. 집에 가서 저녁이나 먹어야지. 더 늦게 들어가면 와이프한테 혼나." 후지 씨가 말하며 얼굴 앞에서 손을 내저었다. 그것을 신호로 "수고하셨습니다"라는 인사를 나누고 서둘러 나왔다.

나란히 걸어가는데 니타니 씨가 오시오 씨는 말이야, 하고 입을 열며 얼굴을 굳힌다.

"태도에 너무 드러나. 후지 씨는 그날 갑작스럽게 잡히는 술자리는 전부 거절하니 어차피 권해도 안 와. 아무리 싫어도 얼굴에 티내지는 마."

일부러 나무라는 듯한 말투에 묘하게 기뻐서, "그치만 싫은걸요" 하고 마찬가지로 일부러 유치한 말투로 대답한다.

회사에서 도보 십 분 정도 거리에 있는 꼬치구이집에 들어갔다. 베트남인 가족이 하는 가게인데, 꼬치구이집이면서 사이드 메뉴에 쌀국수와 반미, 코코넛주스 같은 게 있지 않나, "기본 안주는 고수샐러드인데, 싫으시면 파인애플로 준비하겠습니다"라고 물어보지 않나, 정체성 없이 잡다한 느낌이 재미있어서 종종 찾곤 한다. 그러고 보니 아시카와 씨와도 온 적 있다. 막 입사했을 무렵 점심시간에 둘이 와서 반미를 먹었다. 다음에는 밤에 한잔하러 오자고 했지만 아직 실현되지 않았다.

생맥주로 건배하고 모둠꼬치를 주문했다. 고수샐러드를 먹으면서 기다린다. 니타니 씨가 "무슨 일이 있어서 불렀어? 아니면 그냥 술 마시고 싶어서?"라고 직구를 던졌다. 이런 점이 좋다.

"그냥 술 마시고 싶어서요. 아시카와 선배가 집에 가는 바람에 일이 늘어서, 뭐 잡무들이라 다 해치웠지만, 그게 아니면 일곱시에는 퇴근했을 거란 생각이 드니까 추가로 일한 수당만큼 술을 마시고 싶어지잖아요."

"어, 그럼 쏘는 거야?"

"그러죠, 뭐."

"농담이야. 후배한테 얻어먹을 리가."

니타니 씨가 잔을 기울인다. 여전히 마시는 속도가 빠르다.

"두통약이나 먹으라고 해주고 싶지 않아요?"

"아시카와 씨?"

점원이 닭꼬치를 내왔다. 꼬치 안 빼도 되지? 니타니 씨가 확인하고 손을 뻗는다. 나도 달큰한 양념 냄새를 풍기는 꼬치를 하나 집어서 베어문다.

"편두통이 심해서 집에 가겠다니, 저도 편두통 달고 살거든요? 비 오기 전이면 항상 아파서 회사 서랍에 두통약 챙겨놨어요. 고작 머리 아픈 걸로 집에 가면 일을 어떻게 하겠다는 거예요? 아무도 뭐라고 안 하지만."

"못하는 거겠지. 머리 좀 아프다고 집에 가지 마세요, 라는 말은 요즘 세상에 못하잖아."

"하지만 다들 생각은 하겠죠."

"뭐, 그렇지."

니타니 씨도 아시카와 씨가 남기고 간 잡무를 처리하고 있었을 것이다. 청구서를 보내주지 않은 거래처에 독촉 전화 몇 건. 별것 아니지만 자꾸 넘어오면 귀찮다. 정말로 청구서가 안 왔는지, 언제까지 올 예정이었는지 확인하고 나서 거래처에 연락하는데, 원래 자기 담당이 아니니까 확인하는 데만도 은근히 품이 들고, 연락해서도 죄송하다면서 이런저런 인사치레를 해야 하고, 언제까지 도착할 예정인지 기록을 남긴다. 고작 그뿐이라 해도 서너 건 처리하다보면 얼추 한 시간이다.

자기 일 때문에 하는 야근과 남의 일 때문에 하는 야근은 좀 다르다. 뭐가 다른가 하면, 힘듦의 정도다. 몸이 힘든 게 아니다. 그렇다고 마음이 힘든가 하면 그것도 아니고, 역시 몸이 힘든 건가 싶다. 어깨 뒤쪽부터 등까지 전체적으로 뻐근하다. 뻐근함은 아래로 내려가다가 허리까지 와서는 앞으로 넘어와 지방이 쌓여 있는 배 쪽에 머무른다. 고기를 집어 먹는다. 이게 불만이란 걸까 생각한다. 앞으로 사십 년쯤 이 회사에서 일할지도 모르는 인생을 생각한다. 다른 지점으로 전근하겠지만 어딜 가더라도 아시카와 씨 같은 사람이 있으리라는 것, 그 사람들과 함께 일하는 일상이 이어지리라는 것, 앞으로 며칠, 몇 시간, 남의 일을 떠맡게 되리라는 것.

몸이 안 좋으면 집에 보내고 멀쩡한 사람이 일하면 된다고들 하지만, 그건 서로 횟수를 정해놓고 지킬 때나 고개를 끄덕일 수 있는 규칙이다. 결국 세상은 인내하는 사람과 능력 있는 사람에 의해 돌아간다. 세상. 이 세상. 내가 살아가고 내 손이 닿는 범위의 세상.

"아아, 출세하고 싶다."

니타니 씨가 흠칫 놀라 "진심이야?"라고 묻는다.

"글쎄, 계속 이런 식으로 일할 거라면 적어도 출세라도 하고 싶어서요."

하지만 출세한다는 건 관리직이 된다는 말이고, 관리직이 되면 부하를 관리해야 하는데, 그러면 편두통으로 힘들다는 사람에게 약 먹고 일하라는 말은 절대 할 수 없다. 관리 책임을 추궁당할 것이다. 회사에서도 말 못하고, 입장이 있으니 이렇게 술자리에서도 말하지 못하게 된다.

"아시카와 씨한테 뭐라고 못하니까 못되게 구는 거야? 아니, 그러고 있기는 해? 보기에는 잘 모르겠던데."

"하고 있어요. 못된 짓은 아니고, 평범한 짓."

"평범한 짓?"

"다들 아시카와 선배한테 너무 잘해주잖아요. 저는 평범하게 대해요. 예전 자료 정리는 아시카와 선배 말고 파트타이머한테 맡기고, 거래처 클레임 대응이나 조건 협상같이 원래 정직원이 해야 하는 일을 아시카와 선배한테 부탁하고 있어요. 솔직히 파트타이머로 오래 일한 하라다 씨한테 해달라고 하는 편이 더 확실하지만요."

아시카와 씨에게는 힘든 일을 시키지 않는다는 규칙이 있다. 명문화되어 있지 않은, 분위기로 파악해야 하는 규칙이다. 나는 거기서 살짝 벗어날 뿐이다. 이것 좀 해주세요. 그렇게 말하면서 일을 맡기면, 아시카와 씨는 고개를 살짝 기울이고 불안해하면서 "응"이라고 대답한다. 불안감에 흔들리는 눈동자가 매력적이라 그만 도와주고 싶어진다. 안쓰럽고 귀엽다.

내가 아시카와 씨를 싫어해서 다행이다. 안쓰러운 사람이 귀여우면 귀여울수록 더 괴롭히게 되니까. 그렇게 내가 악역을 맡아야 하는 것도 화가 난다. 일을 못하는 사람이, 동료에게 일을 떠넘기는 사람이, 어떻게 피해자 행세를 할 수 있나. 니타니 씨가 아시카와 씨랑 사귀는 모양이야. 화장실에 둘만 있을 때 하라다 씨가 굳이 귀띔해준 말을 떠올린다. 쓸데없는 참견이다. 그 사람, 늘 자기만 정당하고 따뜻한 사람의 대표인 양 굴면서, 지키기 쉬운 것에만 온순하게 대하고 만족해하는 꼴이 짜증난다.

"선배 집에 놀러가고 싶어요."

니타니 씨의 빈 맥주잔을 괜스레 들어올리며 말해본다. 잔 옆면에 빽빽이 맺힌 물방울이 흘러내려 큰 덩어리를 이루고 바닥에서 반원을 그린 후 아래로 떨어진다. 테이블에 퍼진 작은 웅덩이를 니타니 씨가 검지로 퍼뜨렸다.

"오는 건 괜찮은데, 난 직장 동료랑은 안 자."

"사내 연애는 안 하는 주의예요?"

"좀 불순한 느낌이지 않아? 연애에 회사라는 필터가 끼면."

나는 희미하게 웃는다. 이 사람은 다들 모르는 줄 아는구나.

"약간 알 거 같아요."

"약간, 어떻게 알 거 같은데?"

"아무래도 주위 평판 같은 게 귀에 들어오니까, 순수하게 자신만의 판단으로 선택했다거나 선택받았다고 하기 힘들잖아요. 정말로 괜찮은 사람이라도 일을 너무 못하면 정이 좀 떨어지고요. 그런 말 아니에요?"

"글쎄."

니타니 씨의 검지에 내 검지를 감는다. 니타니 씨의 손가락은 두번째 마디까지 군데군데 젖어 있다. 그 물기를 내 손가락에 옮기려는 듯 감아보지만, 그러는 사이 조금씩 말라버린다. 그럴 거라면 이대로 다 말라버리면 좋겠다. 그렇게 생각하는데, 니타니 씨가 "이런" 하고 중얼거리더니 자기 물수건으로 내 손가락과 자기 손가락을 같이 닦아버렸다. 물수건에는 닭꼬치 양념을 닦은 흔적이 갈색으로 남아 있다. 그 얼룩과 아무 관계도 없는데, 아시카와 씨의 얼굴이 머릿속에 떠올랐다.

책 좋아하시나봐요. 방에 들어오자마자 그렇게 말하자 니타니 씨는 놀라서 경계하는 듯한 얼굴로 "왜?" 하고 물으며 인상을 썼다. 왜고 자시고, 도로 쪽으로 난 창문 밑에 문고본 책들이 가득 줄지어 있어서다. 나는 손가락으로 가리키며 "저거요"라고만 대답했다. 표지가 위로 오도록 해서 서른 권 정도씩 쌓인 문고본의 행렬이 서로 기대듯 벽을 따라 가로로 늘어서 있다. 책 위에는 티슈갑, 펼쳐진 노트북 컴퓨터, 에어컨 리모컨, 병원 진찰권과 포인트카드 뭉치, 참치와 고등어 통조림 따위가 놓여 있었다. 밑에 깔린 책을 읽고 싶어서 뺐다가 균형이 무너지면 큰일이겠다는 생각이 든다. "양장본은 없네요." 내 말에 니타니 씨는 여전히 인상을 쓴 채 경계심이 조금 풀린 조용한 목소리로 "비싸니까"라고 대답했다.

심플한 방이었다. 혼자 사는 분리형 원룸. 내가 사는 집과 같은 구조다. 현관을 들어서면 바로 좁은 부엌이 나오고, 맞은편에 화장실과 욕실, 안쪽으로 다다미 여덟 장 정도 넓이의 방이 있다. 오른쪽 벽에 붙인 침대는 니타니 씨가 아침에 나온 모양 그대로 흐트러져 있다. 침대 옆에는 일인분 식사를 차리면 가득찰 듯한 좌식 테이블이 하나. 그 위에 휴대전화 충전기가 놓여 있다. 가구는 그게 전부고, 둘러보니 부엌 쪽 벽에 문을 닫아둔 옷장이 있었다.

가방을 내려놓고 책 탑 앞에 쭈그려앉는다. 현대문학 작가의 책이 많아 보였다. 아쿠타가와상 수상 작가도 있고, 전혀 들어본 적 없는 이름도 있다.

"오시오 씨도 책 좋아해?"

"으음, 네, 아마도?"

"대답이 뭐 그래."

"좋아하기는 하는데, 잘 알지는 못해요. 지금은 한 달에 한 권 정도밖에 안 읽고. 고등학교 치어리딩부에서 친했던 친구 중에 문예부 활동을 겸할 정도로 책을 좋아하는 애가 있었거든요. 진짜 많이 읽고 알기도 잘 알았는데, 걔에 비하면 책 좋아한다는 소리는 못하겠더라고요."

"다른 사람이랑 비교할 필요가 있나. 남의 집에 와서 제일 먼저 책에 눈이 가고, 그 앞에 앉아 구경할 만큼은 좋아하는 거 아니야?"

그렇게 말하면서 니타니 씨가 냉장고에서 캔맥주를 꺼내온다. 더 마시려고요? 심지어 또 맥주? 기막혀하면서도 캔을 받아들고 둘이 동시에 탭을 당겨서 딴다.

"책을 좋아해서 궁금했다기보다, 선배를 알고 싶어서 본 거예요. 니타니 선배가 어떤 책을 읽는지 궁금해서. 그러니까 역시 책을 좋아한다고는 못하겠어요."

"쓸데없이 정직하네."

선배에 대해 알고 싶다는 말은 깨끗하게 무시당했구나 싶어 약이 오르는데, 그런 와중에 내가 니타니 씨를 좋아하는 건지 그냥 넘어뜨려보고 싶은 건지 헷갈린다. 헷갈리긴 하지만 지금껏 해온 연애 역시 좋아하는지 아닌지 깊이 따지지 않고, 손을 잡을 수 있을 듯해 잡아보고, 키스할 수 있을 듯

해서 하고, 분위기를 타서 몸을 섞고, 그 결과 교제가 시작되거나 이어지거나 했으니 이번에도 마찬가지일지 모른다. 항상 흐름에 맡기는 건 아니고, 그 흐름을 직접 만들기도 한다. 흐름은 간단히 만들 수 있다. 간단히 만들 수 있기에 간단히 바뀌기도 한다.

니타니 씨는 손을, 아니, 벽을 따라 쌓아둔 문고본을 일부러 그 흐름 앞에 내려놓음으로써 기세를 꺾으려는 것 같았다. 하지만 그걸로 만족한다면 오히려 편하다. 성행위 없이 관계를 쌓을 수 있다면 그 편이 낫다, 그 편이 마음도 편하다는 것을 불현듯 깨닫고 심장 박동이 빨라진다.

술은 지금 마시는 맥주를 마지막으로 하고, 아까 편의점에서 산 차를 마시고 택시를 불러 집에 가야겠다고 속으로 결정한 다음, 어느새 힘이 들어간 손으로 쥐고 있던 캔맥주를 들이켠다. 그 순간 니타니 씨와 눈이 마주쳤다. 무색의 시선에 좋지 않은 예감이 들어 먼저 입을 열려고 했지만 목을 타고 내려가는 맥주가 방해한다.

"역시 할래?"

그런 발언을 할 거라면, 그에 어울리는 얼굴을 해주면 좋겠다.

끓어오르는 성욕을 억누른 남자의 진지한 눈빛. 그런 가짜 진지함을 원했다. 니타니 씨는 툭 던지듯 말하고는 벽 쪽의 책들에만 시선을 주었다. 이 사람이 무슨 생각인지 모르겠다. 하고 싶은 것처럼 보이지 않는다. 싫어요, 라고 거절한들 상처받지 않을 것 같고, 그렇다고 안심하는 것도 아니고 그저 흘려넘기기만 할 듯한, 마음이 여기 없는 느낌이다. 여기 없다. 어디 가 있는 걸까. 그런 생각을 하다보니 쌓여 있는 책들에 마음이 끌린 이유를 알았다. 몸을 가까이 가져간다.

예상과 달리 니타니 씨의 손길은 조심스러웠다. 좀더 성의 없고 딴생각을 하는 듯한 행위가 어울리는 사람이라고 생각했는데, 피부에 와닿는 손길은 부드러웠고 내 반응을 하나하나 확인하며 움직였다. 소심하다고 할 정도로 정성스러운 점이 좋았다. 좋아서 내 쪽이 거칠어질 수밖에 없었다. 니타니 씨의 목덜미를 살짝 깨물자 "아야" 소리를 냈는데, 그 목소리가 너무 무심해서 흠칫한다. 맨 등에 두르고 있었던 손을 허리까지 내려 고간을 만져보니 분명히 열을 품고 커져 있는데 목소리는 꽤 차갑다 싶었다.

문득, 이 정도가 딱 좋을지도 모르겠다는 생각에 몸을 떼어본다. 그 의도를 바로 이해했는지 니타니 씨가 내 몸 여기저기를 더듬던 손을 떼고 "그만할까?"라고 물었다. 고개를 끄덕였다. 니타니 씨가 이불에서 쏙 빠져나간다.

침대에 멍하니 누워 있는데 니타니 씨가 "라면 먹을래?" 하고 물었다. 어느새 윗몸에 티셔츠를 걸치고 있다.

"지금요? 선배는 먹으려고요? 살쪄요."

전 필요 없어요, 몸을 일으키고 손을 내젓는다. 니타니 씨는 냉장고 위에 가득 쌓인 컵라면 중 하나를 집어들고 냄비에 수돗물을 받아 불에 올렸다. 속옷만 입은 하반신이 무방비하고 가늘다. 저 다리 사이에 있었다는 생각에 이번에는 내 몸을 의식하고는 옷을 입으려고 일어나는데, 니타니 씨가 말했다. "역시 관둬야겠다." 단호한 선언이었다. 순간 나와 자는 걸 말하나 했는데, 니타니 씨를 보니 컵라면을 다시 냉장고 위에 올려놓는 참이었다. 이미 뜯은 비닐은 쓰레기봉투에 버린다. 저 포장지는 아마 우리 회사에서 만드는 상품일 텐데, 라고 생각했지만 화제로 삼진 않는다.

"안 먹게요?"

"응. 왠지 먹고 싶어졌는데, 오늘 저녁을 술집 안주로 먹었다는 게 생각났어. 고수나 파인애플 같은 걸 먹어서 머릿속에 에러가 났는지, 제대로 된 집밥을 먹은 기분이었거든."

열량이 걱정돼서 망설인 건 아닌 모양이다. 더 자세히 물어볼까 했지만 마침 브래지어를 걸치고 양옆 가슴살을 모아 모양을 잡던 중이라 "그래요?"라고만 대꾸했다. 니타니 씨를 등지고 바닥에 떨어진 옷을 주워 입었다. 샤워를 하고 싶었다. 내일도 출근이다. 휴대전화를 확인하니 늘 이불 속에서 듣는 라디오 프로그램이 시작될 시간이었다.

"물 끓었다."

어차피 끓인 김에, 하며 니타니 씨가 차를 우려준다. 좁은 좌식 테이블에 머그잔 두 개가 놓였다. 홍차 티백이 하나씩 떠 있다.

"저, 집에서는 티백 하나로 두 번 우려서 먹어요."

"보통은 나도 그래. 티백 안 빼고 서너 잔쯤 마시지. 오늘은 신경 좀 써본 거야."

"손님 대접 해주시는 거예요?"

"오시오 씨, 전공이 뭐였지?"

니타니 씨가 갑자기 화제를 바꾼다.

“관광학부요. 갑자기 왜요?”

“관광학부에서는 어떤 걸 해?”

“지역 진흥책을 고안하고, 관광지 팸플릿 같은 걸 만들고. 졸업연구팀 인원이 스무 명쯤 됐는데, 이 년 동안 세토 내해에 있는 인구 백 명짜리 섬에 몇 주씩 교대로 가서 생활하면서 새로운 관광자원을 개발해 알리는 작업을 했어요.”

“흐음. 왠지 생산적이네.”

칭찬하는 것 같지만 가시가 느껴지는 말투다. 분위기를 바꾸고 싶어 곧장 말을 이었다.

“나도 규슈 촌구석 출신이면서, 정작 고향은 저버리고 다른 시골의 관광 개발에 참여한다는 게 좀 모순되게 느껴지더라고요. 그래서인지, 뜻깊고 알찬 경험이긴 했지만 잘 와닿지 않아 관광 계열 회사에는 지원 안 했어요. 동기들은 대부분 관광 계열에 취직했거든요. 그길로 세토우치 쪽에 남은 사람도 몇 명 있고.”

니타니 씨가 티백 끈을 잡고 위아래로 흔들었다.

“선배는 경제학부였죠?”

환영회 때 누군가와 대화하는 걸 들었는데 그래 보인다 싶어 기억하고 있었다. 니타니 씨가 티백 두 개를 건져내 티슈로 감싸 쓰레기봉투에 버렸다.

"실은 문학부에 가고 싶었는데 남자가 문학부면 취직 못 한다고 하길래, 그럴 거 같다 싶기도 했고, 책 읽는 건 좋아했지만 전공하고 싶은지는 잘 모르겠어서 경제학부로 갔어. 그렇다고 경제를 전공하고 싶은 것도 아니었지만, 안 해도 졸업하는 데는 아무 문제 없었고."

머그잔을 들었지만 아직 뜨거워서 마시기 힘들었다. 내 쪽으로 끌어당긴다. 김을 쐬는 모양새가 된다.

"그때 사귀었던 여자친구는 소설 같은 거 전혀 안 읽으면서 문학부에 들어갔거든. 아니나 다를까 죄다 여자들이라는 소리에 안 가길 잘했다 하고 있었는데, 여자친구 집에 놀러가면 문학사나 문학론 책이 보이더라고. 지정 교재라 사지 않을 수 없었다고. 그러는 사이 점점 소설책도 늘고, 마찬가지로 수업에 필요하다고 책을 사서는 침대 헤드에 늘어놨는데, 그래서 여자친구가 밑에 있고 내가 올라타서 할 때면 걔 머리 위에 책이 있으니 자꾸 눈에 들어오는 거야. 그 책들에 내 땀이 튀는 게 보이는데, 몇 방울 안 되니까 자국도 없이 마르고, 여자친구는 천장 쪽을 보고 있으니 모르잖아. 나 혼자만, 다 마른 뒤에도 저기 땀이 튀었지 생각하게 되더라. 2학년이 되고, 그애 책이 점점 늘어나서 침대 헤드에 다 들어가지 않아 바닥에 탑처럼 쌓이게 되었을 즈음, 역시 문학부에 갈 걸 그랬다는 생각이 들어 왠지 여자친구까지 싫어지더라고. 지금 생각해보면 그저 자기 자신이 싫어진 거겠지만, 당시에는 뭘 그렇게 모범생인 척하며 일일이 책을 다 사느냐는 둥 생트집만 잡게 됐지. 그래서 헤어졌어."

취했어요? 내가 묻자 니타니 씨는 "나 잘 안 취해"라고 대답하더니 홍차를 꿀꺽꿀꺽 마셨다. 뜨거운 걸 잘 먹는 편이구나 생각하면서 나도 입을 대보니 의외로 마실 만했다.

머그잔 바닥에 오분의 일 정도 남은 홍차가 미지근하게 식었을 즈음 택시를 불러 집으로 갔다. 니타니 씨가 학생 시절 사귀었다는 문학부 여자친구는 아시카와 씨와 닮은 사람이겠지, 하고 혼자 택시 안에서 단정했다. 그러고는 조금 반성한다. 결국 저질렀네. 하지만 딱 좋다. 끝까지 하지 않길 잘했다. 아마 앞으로도 니타니 씨와는 하지 않을 것이다. 그러니 망설임 없이 친해질 수 있다.

아시카와 씨가 내민 것은 머핀이었다.

"어제는 죄송했습니다. 가끔 두통약을 먹어도 가라앉지 않을 만큼 머리가 아파서요. 집에 가서 한번 더 약을 먹고 잤더니 괜찮아져서 만들어봤어요. 한번 드셔보세요. 제 업무를 대신해주셔서 감사했습니다."

분홍색 꽃 그림이 인쇄된 반투명 비닐과 연두색 리본으로 포장된 주먹 크기의 머핀을 니타니는 한 손으로 받으려다 왠지 실례인 듯해 키보드에 올라가 있던 다른 쪽 손도 뻗어 양손으로 받았다. 고마워요, 라고 말한다. 그렇게 신경쓸 것 없는데, 라고도.

니타니의 입에서 나온 그 말은 아시카와 씨가 니타니 자리에 오기까지 지점장을 비롯한 몇몇 상사의 자리를 거치는 동안 들려온 말이기도 했다. 벌써 먹기 시작한 사람도 있었다. 이야, 맛있네, 하고 진심어린 목소리로 말한 사람은 후지 씨였다. 아시카와 씨가 그쪽으로 고개를 돌리고 생긋 웃어 보인다.

"저는 점심 먹고 와서 먹을게요."

니타니는 그렇게 말하고 책상 왼쪽 가장자리, 전화기 뒤에 숨기듯 머핀을 놔두었다. 아시카와 씨는 알겠다는 듯 고개를 크게 끄덕이고는 오른팔에 걸친 종이가방에서 다음 머핀을 꺼내 오시오 씨 자리로 향했다. 아시카와 씨의 등 너머로 오시오 씨와 잠깐 눈이 마주친다. 그 얼굴에는 아시카와 씨를 맞기에 딱 어울리는 미소가 준비되어 있었다. 아시카와 씨가 익숙한 그 멘트로 어제의 컨디션에 대해 사과하고 머핀을 건네자, 오시오 씨가 "우아, 저는 이런 거 만들 엄두도 못 내는데. 맛있겠다아" 하고 다른 사람들에게 다 들리게 말한다. "요즘에는 여자라도 베이킹까지 하는 사람은 잘 없지." 후지 씨의 반응에 "맞아요. 전 대학생 때부터 자취해서 밥은 할 줄 아는데 베이킹은 못하거든요. 시간이 없어서"라고 대답한 오시오 씨가 이어서 아시카와 씨를 보고 진짜 대단해요오, 하며 덧붙였다.

"전혀 어렵지 않아요. 정말로, 대단하다고 할 정도는 아니고, 가끔 간단한 걸 만들 뿐이에요."

아시카와 씨는 파트타이머들에게도 차례로 머핀을 나눠 주고, 다 끝나자 자기 책상에도 하나 놓았다. 텅 빈 종이가방을 접어 서랍에 넣는다. 사무실 안에 달콤한 향기가 퍼지고, 여기저기서 맛있다는 소리가 들린다. 오시오 씨를 보니 머핀 포장을 풀지 않은 채 책상에 올려두었다. 니타니처럼 책상 끄트머리에 둔 게 아니라 컴퓨터 바로 앞에 떡하니. 얼굴은 여전히 웃고 있다. 니타니의 시선을 눈치챈 듯했지만 다시 눈이 마주치지는 않았다. 니타니는 요의를 느끼고 자리에서 일어났다.

화장실을 나와 짧은 복도를 걸으면서 휴대전화를 꺼내보니 메시지가 와 있었다.

'서점대상* 받은 책, 읽은 사람 있어?'

대학교 부전공 연구팀의 단체 대화방이었다. 학부와 학과에 관계없이 3학년 일 년 동안 관심 있는 주제의 연구팀에 소속되어 활동하는 수업이었는데, 졸업에 꼭 필요한 건 아니

---

* 서점 직원들의 투표로 결정되는 일본의 문학상.

라 듣지 않아도 괜찮았지만 문학 연구팀이 있길래 참가했었다. 매주 얼굴을 본 건 고작 일 년뿐인데도 졸업 후 육 년이 지난 지금까지 메신저 대화방이 유지되고 있다.

'안 읽었는데. 어때?'

화면을 보는 사이 또다른 멤버가 대답하고, 곧장 '꽤 좋더라. 역시 대상이구나 싶었어!'라는 대답이 떴다.

니타니는 그 책을 읽지 않았고, 서점대상을 받았다는 것도 몰랐다. 그래도 제목과 작가 이름은 안다고 속으로 우겨본다. 자꾸 진동이 오는 게 싫어서 알림을 끄고 휴대전화를 가슴주머니에 도로 넣는다. 정기적으로 책 얘기가 난무하는 이 단체 대화방에서, 니타니는 벌써 오랫동안 한 마디도 하지 않았다. 들어오는 메시지는 전부 본다. 언제 이 방에서 쫓겨날까, 오랫동안 그렇게 생각해왔지만 쫓겨나지 않았다. 니타니가 있든 없든, 다들 내키는 대로 책 얘기를 이어간다.

책이 좋으면 이렇게 취미로 계속하면 된다. 부전공 연구팀 멤버 중 문학부 소속은 한 명도 없었다. 경제학부, 법학부, 이공학부 등을 나와 문학과 무관한 업종에 취직해, 책은 그저 좋아하는 것으로 남겨두고 있다. 이런 게 보통이라고 니타니도 생각한다. 생각은 하지만, 같은 회사에 문학부 출신이 있으면 평정심을 유지하기 힘들다. 취직에 유리한 건 경제학부라는 생각에 이쪽을 선택했다. 그러나 다른 지점 동기 중에도, 선배나 후배 중에도 문학부 출신이 적지 않다. 대학 전공을 선택했던 십대 그 시절, 나는 좋아하는 것보다 잘 풀릴 것 같은 인생을 고른 것이다. 과한 생각이라는 걸 알면서도 몇 번이고 돌이켜보게 된다. 좋아하는 마음만으로 충분하다는 듯한 다른 이들을 보면 심란해진다. 좋아한다는 마음보다 중요한 것이 있는 듯한, 좋아한다는 기준으로만 매사를 판단하다가는 그것을 놓쳐버릴 듯한 기분이 들었고, 부디 그렇기를 바라는 마음도 있었다.

복도에 멈춰 서자 벽에 붙은 사내보의 오카야마 신사옥 소개 기사가 눈에 들어온다. '옥상 정원의 근사함'이라는 헤드라인에 신경질이 난다. '근사한 옥상 정원'이 아니라, 옥상 정원의 근사함. 근사함 좋아하시네. 말꼬리 잡듯 발생한 분노가 뚜렷한 열감을 띠고 뱃속에서 끓어오른다.

자리로 돌아와 어제 아시카와 씨가 조퇴하며 두고 간 회의 자료를 훑어보며 그래프 몇 개를 다시 만들고 의제 순서를 바꿨다. 어제 오시오 씨가 한 얘기는 충분히 이해됐다. 자신도 알고 있는 감정이었다. 약해 보이고 싶지 않다. 그보다 더, 무능력해 보이고 싶지 않다. 남들만큼 할 수 있다고, 혹은 남들 이상으로 할 수 있다고 모든 이에게 인정받고 싶다. 시시한 인정 욕구라고는 생각하지 않는다. 회의 자료 같은 걸 누가 만들고 싶겠는가. 이런 그래프를 만들기 위해 살고 싶은 사람이 있겠느냐는 말이다. 다들 저 하고픈 일만, 힘들이지 않고 할 수 있는 일만, 편한 일만 고르면서 살면 세상이 제대로 돌아갈 리 없다. 하기 싫어도, 힘들어도, 누군가가 하지 않으면 일이 굴러가지 않는다. 일이 굴러가지 않으면 회사는 망한다. 그런 회사는 망해도 된다는 건 너무 생각 없는 소리다. 그렇게 생각한다. 하지만 머리가 아파서 집에 가겠습니다, 라고 서슴없이 말하는 아시카와 씨의 어두운 안색도 진실이라고 생각한다.

복도에 나오면서 초기화된 후각을 사무실 안을 가득 채운 단내가 묵직하고 강렬하게 덮쳐온다. 진짜 맛있다, 고마워요. 아직도 누가 그런 말을 한다. 전화를 걸려고 수화기에 손을 뻗는데 뒤에 놓인 머핀에 손가락이 닿았다.

"다들 좋아해주셔서 다행이에요."

아시카와 씨는 그후로 종종 직접 만든 간식을 가져오게 되었다.

아시카와 씨는 금요일 밤이면 니타니의 집에 온다. 부드러운 소재의 실내용 긴 원피스로 갈아입고 부엌에 선다. "그럼 저녁 차릴게요." 니타니는 "그냥 편의점에서 사 먹지"라는 말을 매번 뱃속 깊이 삼킨다. 삼배초*에 절인 오이와 잔멸치. 간장 양념을 끼얹은 닭튀김. 튀긴 가지를 넣은 된장국. 화구가 하나뿐인 가스레인지 앞에서 아시카와 씨는 익숙한 손놀림으로 갖가지 음식을 만들고, 사이사이 조리기구 설거지까지 해치운다. 니타니도 처음에는 도우려 했지만 "오히려 방해돼요"라는 말을 곧이곧대로 듣고 물러나서는 침대에 앉아 식기가 덜그럭거리며 부딪히는 소리를 듣고 있다.

한 시간 정도 지나 아시카와 씨가 "맥주랑 젓가락 좀 꺼내주세요"라고 요청하기에 대전중이던 게임을 팽개치고 일

---

* 식초와 간장, 설탕 또는 미림을 섞은 조미료.

어선다. 침대 위 깜깜해진 화면 아래서 세계 어딘가의 누군가와 전투중이던 니타니의 병사들은 지휘관을 잃고 코스트 1짜리 졸병들만 줄줄이 내보내다 패할 것이다.

좌식 테이블에 캔맥주 두 개와 젓가락 두 쌍, 냉장고에서 꺼낸 매실장아찌 팩을 내려놓고, 뭣하면 그냥 이것들만 먹어도 충분하겠다고 생각한다. 매실장아찌와 맥주만 있으면 된다. 배가 고프면 즉석밥을 전자레인지에 데워 먹어도 되고, 컵라면도 있다. 건강을 위해 채소나 생선을 먹어야 한다면 편의점에서 샐러드나 생선구이를 사면 된다. 아시카와 씨가 음식을 나른다. 좌식 테이블에 더이상 놓을 자리가 없자 인터넷으로 가죽구두를 살 때 딸려온 상자 위에 올렸다.

둘이 나란히 "잘 먹겠습니다"라고 합창한 다음 먹기 시작한다. 니타니는 오이를 집어먹고는 "맛있다"라고 말하고, 닭튀김을 베어물고는 "이거 맛있는데"라고 말하고, 된장국을 마시고는 "아, 맛있다"라고 말했다.

십오 분 정도 걸려 다 먹었다. 퇴근하고 집에 오자마자 한 시간 가까이 걸려 만든 음식이 고작 십오 분 만에 사라진다. 끼니는 하루 세 번 돌아오고, 매일 챙겨 먹는다는 건 굉장히 힘든 일이다. 그래서 니타니는 마트나 편의점에 가면 만들어 놓은 걸 파니까 굳이 직접 만들 필요는 없지 않나 생각한다. 하지만 그렇게 말하는 대신 "맛있다"라고 말한다. 그저 하루하루 살아가기 위해 몸과 머리를 움직일 에너지를 섭취하는 활동에 하나하나 '맛있다'라는 감정을 가져야 한다는 게, 그리고 그걸 입 밖에 내어 아시카와 씨에게 표현해야 한다는 게, 역시 피곤하다.

젓가락을 내려놓고 한숨을 내쉬자 아시카와 씨가 일어나 냉장고를 열고 "디저트도 있어요"라며 한입 크기로 썬 수박이 든 밀폐용기를 꺼내 왔다.

사무에* 차림의 주인장이 자리를 떠난 틈을 노려 니타니가 "오뎅을 먹을 거면 편의점에서 사서 집에서 먹어도 됐을 텐데. 실수했어"라고 속삭이기에 그건 아니에요, 라고 분명하

* 선종 승려의 노동용 의복. 오늘날 작업복이나 실내복으로 흔히 입는다.

게 대답했다.

“편의점 오뎅도 괜찮지만 가게에서 파는 건 절대 못 이겨요. 왜, 토마토나 아스파라거스 같은 건 편의점에 없잖아요. 스지도 쫄깃하지 않고.”

니타니 씨 집에서 걸어서 십 분 정도 떨어진 주택가 한가운데 호젓이 자리잡은 오뎅집은, 정취 있는 고택이라기보다 그저 오래됐을 뿐인 단독주택 1층에 있었다. 오뎅이 끓는 길쭉한 냄비를 따라 여섯 명이 앉을 수 있는 바 자리와 사인용 테이블 하나뿐인 작은 가게였다. 바람에 창문이 덜컹이고, 미지근한 바깥공기가 발밑을 훑는다. 가게는 초로의 주인장 혼자 꾸려나가고 있었다. 역에서 멀리 떨어진 위치 탓인지, 그저 지금 같은 한여름에 오뎅을 먹으려는 사람이 많지 않아서인지 손님은 적다. 바 자리 오른쪽 구석에 붙어 앉은 둘을 빼면, 왼쪽으로 두 자리 떨어진 입구 쪽에 와이셔츠 소매를 걷어올린 남자 손님 혼자 술을 마시고 있을 뿐이었다.

오뎅은 간이 잘 배서 맛있었다. 간사이식이라는 옅은 황금색 국물은 속이 풀리는 시원한 맛인데, 숟가락으로 한 입씩 떠먹자니 답답해서 접시에 입을 대고 벌컥벌컥 마시고 싶어진다. 특이한 종류도 좋지만 역시 기본 메뉴가 제일 맛있다고 생각하면서 한펜*을 먹었다.

"오시오 씨는 맛있는 거 좋아하는 사람이야?"

이상한 걸 묻네, 고개를 갸웃한다.

"맛있는 걸 싫어하는 사람도 있나요?"

그렇게 되묻자 니타니 씨가 어둡게 웃었다.

"나는 맛있는 걸 먹기 위해 생활방식을 선택하는 게 싫어."

마실 거 더 필요하세요? 주인장이 말을 걸었다. 나도 니타니 씨도 두 잔째 맥주를 비운 참이었다. 니타니 씨는 석 잔째 맥주를, 나는 일본주를 잔술로 주문했다.

"오뎅이 먹고 싶은 날이 있긴 하지만, 그걸 위해 오뎅집까지 가는 건 내 시간이나 행동이 음식에 지배당하는 느낌이 들어서 싫어. 편의점에 있으면 그걸로 때우고 싶어."

"오늘은 오뎅을 먹으러 왔다기보다 저녁을 어디서 먹을까 고민하면서 돌아다니다가, 선배가 그러고 보니 저쪽에 오뎅집이 있었다면서 떠올린 김에 온 거니까 괜찮지 않나요? 선

* 다진 생선살에 마 등을 섞고 쪄서 굳힌 어묵.

배가 말하는, 음식에 지배당하는 행동은 아닌 거 같은데."

젓가락을 든 채 손으로 턱을 괴고 있던 니타니 씨가 한동안 생각에 잠겼다가, 베어무는 순간 국물이 입안 가득 퍼지는 지쿠와부*를 내가 다 먹어갈 즈음 "오늘은 세이프인 것 같아"라고 말했다. 세이프 라는 표현에서 니타니 씨의 고집이 느껴져 이 분위기를 더 끌고 가면 귀찮아지겠다는 생각에 조치를 취하기로 한다.

"저는 맛있는 걸 좋아하지만, 어쩌다 먹게 되면 좋다는 거지 그걸 목표로 살진 않아요. 맛있는 걸 먹으려고 자동차나 전철까지 타고 멀리 나가는 사람을 전혀 이해 못하겠더라고요. 바보 같기도 하고. 하지만 이렇게 집에서 걸어서 갈 수 있는 데서 맛있는 음식을 먹는 건 좋아해요. 귀찮아도 어차피 밥은 매일 먹어야 하잖아요. 마트에 가서 메뉴를 고민하고, 썰고 굽는 데 시간을 들여 만든 음식을 순식간에 해치우는 것보다, 이렇게 프로가 만든 음식에 돈을 내고 앉아 얘기하면서, 남이 차려준 맛있는 음식을 먹는 게 더 좋아요." 여

* 구멍 뚫린 대롱 모양의 어묵.

기서 한 번 말을 끊고 숨을 들이마셨다. "선배도 그렇죠?"

말하는 동안 니타니 씨의 표정이 조금씩 풀어지기에 나도 멈추지 않고 주절주절 말했지만 대부분은 거짓말이었다. 밥을 차리기는 귀찮지만, 매일 사 먹으면 돈이 들고 위장도 지친다. 나는 쉬는 날 전철을 타고 도쿄까지 가서 점심 메뉴가 맛있기로 유명한 밥집을 찾고, 음식을 목적으로 한 여행도 다닌다. 올해 골든위크* 때도 치어리딩부 친구들과 넷이 신슈의 메밀국숫집을 탐방했다.

맞아, 하고 고개를 끄덕이면서 맥주를 마시고, 잔을 내려놓고 또다시 맞아, 하고 중얼대는 니타니 씨를 쳐다보며, 이 사람은 대체 뭘 미워하는 걸까 생각한다. 맛있는 음식, 요리, 취사. 그것들은 그저 미워하는 일의 결과에 지나지 않는 것 같다.

니타니 씨는 오뎅도, 요전번의 꼬치구이도, 선술집의 이런 저런 요리도 별다르지 않게 "맛있다"라고 평하면서 먹었지만, 확실히 마음속에서 "맛있다"라는 말이 우러나온 적은 없

* 5월 초, 일본의 공휴일이 몰려 있는 기간.

는 것 같다. 맥주를 좋아해서 자주 마시는 것도 정말 맛있어서인지 미심쩍다. 그저 마시지 않고는 못 배겨서인 게 아닐까. 밥은 매일 먹는다. 매일 먹지 않으면 죽으니까 먹는다.

"선배는 밥 먹는 게 귀찮은데 안 먹을 수 없으니까 싫은 거예요?"

질문하면서 바라본 니타니 씨의 눈빛이 어둡다. "그런 곁가지까지 포함해서 싫어"라고 니타니 씨가 대답했다. 이 사람을 알고 싶다는 마음과 그 눈빛을 지켜줬으면 하는 마음이 공존한다. 곁가지요? 하고 이어서 묻는다.

"밥 먹는 게 귀찮다고 하면, 왠지 유치하게 보이지 않아? 뭐든 맛있다고 하면서 잘 먹는 사람이 어른으로서나 인간으로서나 더 성숙하게 여겨지는 거 같아."

니타니 씨가 젓가락으로 그릇 속 곤약을 찌른다.

"예를 들면, 계절마다 유행하는 옷을 사는 사람이 아직 입을 수 있는 옷을 버린다 해도 세상에는 가난해서 누더기옷밖에 못 입는 사람도 있는데 너무한다 같은 말은 안 하지만, 음식의 경우에는 바로 한소리 듣거든. 손도 안 댄 도시락을 통째로 버리는 것처럼 극단적인 행동이 아니더라도, 밥공기에 두 입 정도 남긴다거나 하는 것도. 먹는 걸 별로 안 좋아한다고 하기만 해도, 득달같이 그런 말 하면 천벌 받는다고 손가락질하잖아."

나는 "니타니 선배" 하고 이름을 부르며 눈을 맞췄다.

"세상을 좀 둘러봐요. 굶주리는 사람이 얼마나 많은지. 이렇게 풍족한 나라에 태어나서 먹을 것 걱정 없이 사니까, 복에 겨워서 그런 말이나 하는 거야."

니타니 씨가 하핫, 소리 내어 웃는다.

"하라다 씨 말투 따라 한 거지."

"아, 눈치채셨네요."

비슷해, 엄청 비슷하다, 하며 니타니 씨는 여전히 웃었다. "잘하네. 그 왜, 듣는 사람한테 확 죄책감을 느끼게 하는 말투"라고 하면서 맥주잔에 손을 뻗는다. 굶주리는 사람이 얼마나 많은가란 얘기는 아시카와 씨도 할 것 같지만, 그녀는 상대를 비난하는 투가 아니라 자신이 그 사실에 얼마나 슬퍼하는지에 초점을 맞출 것 같다고 상상한다.

"아시카와 선배는 맛있는 거 좋아할 것 같아요."

니타니 씨의 시선 끝 오뎅 냄비에는 황금빛 국물에 감자며 곤약이 잠겨 있다. 아시카와 씨라면 이 광경을 보기만 해도 "마앗이있게엤다아!"라고 한 음절 한 음절 길게 늘여서 강조할 거 같다. 생각만 해도 속이 답답해진다.

"그렇지. 그 사람은, 제대로 된 사람이잖아."

"뭐야, 그런 식으로 말하면 우리는 제대로 된 사람이 아닌 거 같잖아요."

'그 사람'이라는 무심한 말투에 기분이 좋아져서 왼팔로 니타니 씨 오른팔을 밀었다.

니타니 씨는 반쯤 비운 잔을 들고 마시려다가 멈추더니, "좀 마셔볼게" 하며 내가 마시던 일본주 잔을 집었다. 그대로 훅 마시는 모습이 의외라서 "선배는 일본주 못 마시는 줄 알았어요"라고 말하자, 니타니 씨는 난 그냥 아무거나 다 마셔, 라고 대답하더니 "이거 맛있네" 하며 오른손으로 일본주가 담긴 투명한 잔을 들어 보였다. 빛에 비춰본들 투명한 건 마찬가지인데 뭐가 보이나 싶어서 우습다. 방금 들은 "맛있네"는 진짜로 맛있다는 말 같았다고 생각하니 한층 우스워져 나는 웃었다.

에어컨 돌아가는 사무실에서 나오니 겨우 몇 분 만에 땀이 난다. 슬슬 해가 지고 있었지만 한낮의 여운이 발하는 열만으로도 땀이 나기엔 충분했다. 니타니는 커피를 뽑으려고 자판기로 갔다가 저도 모르게 탄산수를 샀다. 페트병을 쥔 손바닥만 더위에서 벗어나 있다. 다시 들어가려고 뒤돌았을 때, 회사와 큰길을 가로막는 담 바로 너머에 아시카와 씨가 서 있는 모습이 보였다. 니타니를 알아보고 한층 환하게 웃으며 손을 든다. 가까이 다가가자 아시카와 씨는 "마침 잘됐어요"라고 들뜬 목소리로 말했다.

"지금 동생이 무코스케를 데리고 차로 마중나오는 길이에요. 괜찮으면 보고 가세요."

"아, 정말요? 만져보고 싶네요."

개가 온다는 말에 신이 난 니타니는 정문을 통과해 밖으로 나왔다. 곧 왜건 차량이 다가왔다. 조수석 창문이 열리고, 니타니보다 세 살쯤 어려 보이는 남자가 "안녕하세요" 하면서 운전석에서 고개를 내민다. 니타니는 "직장 동료입니다.

누님께 신세 많이 지고 있습니다"라고 인사한 뒤 차 안을 들여다보았다. 무코스케는 뒷좌석에 있었다. 갈색 털에 코 주위만 검은색이고, 성격 좋게 생겼다. 무코스케가 뛰쳐나오지 않도록 아시카와 씨가 살짝 문을 열고 손을 집어넣는다. 안아올리려는데 흥분한 무코스케가 짖으며 정신없이 좌석을 오르락내리락하는 바람에 잘되지 않는다.

"뛰쳐나오면 위험하니까, 여기서 볼게요."

니타니가 말했다. 아시카와 씨는 "제가 차에 탄 다음 안아서 창문으로 보여드릴 테니까 그때 만져보세요"라고 말하고는 재빨리 반대쪽 문으로 탔다. 그러는 사이 아시카와 씨의 동생이 말을 걸었다.

"누나가 신세 많이 지고 있습니다."

"아뇨, 저는 지난봄에 막 여기 와서 아직 아시카와 씨한테 배우면서 일하는 중이에요. 저야말로 신세지고 있습니다."

"배운다고요? 저희 누나한테서?"

동생이 놀란 목소리로 말한다. 그 속에 담긴 멸시를 감지한다. 아시카와 씨가 뒷좌석 창문을 연다. 무릎에 무코스케를 앉힌 채 뛰쳐나가지 않도록 뒤에서 꼭 잡고 있다. 무코스케는 여전히 흥분한 기색을 감추지 않고 니타니를 올려다본다. 입에서 비어져나온 혀의 검은 반점까지 귀엽다. 손바닥을 뒤집어 가까이 대자 무코스케가 젖은 코를 들이밀며 니타니의 냄새를 맡았다. 축축해진 손으로 무코스케의 턱 밑을 긁고, 뺨을 위로 쓸어올리며 머리까지 쓰다듬었다. 오랜만에 만져보는 개의 따뜻한 감촉과 비릿한 습기에 행복해진다.

동생은 정장을 입고 있다. 퇴근길인 모양이다. "무코스케를 데리고 놀러가시는 길인가요?" 니타니는 고개를 갸웃하며 묻는다. 멀리 산책을 나간다기에는 곧 해가 질 테고, 예방접종이라도 하러 동물병원에 가는 건가 생각하고 있자니, "펫 호텔에 데려가려고요"라고 동생 대신 아시카와 씨가 대답했다.

"실은 동생이 결혼하거든요. 상대방 본가가 멀리 있는데, 상견례를 그쪽에서 하게 됐어요. 그래서 내일 아침 일찍부터 일박 이일로 부모님이랑 동생이 집을 비워요."

"아, 그렇군요. 축하드립니다."

니타니는 동생 쪽으로 몸을 틀어 고개를 숙인다. 동생도 감사합니다, 하며 살짝 고개를 숙였다.

"그래서 무코스케는 펫 호텔에 남는 거군요."

니타니가 무코스케의 머리를 쓰다듬으며 말하자 아시카와 씨가 "저도 집에 남지만요"라고 말했다. 니타니는 무코스케에게서 손을 떼고 아시카와 씨를 쳐다본다.

"이번에는 양가 부모님들만 만난대요. 그쪽 형제도 타지에 있는 모양이라, 다른 가족들은 결혼식 날 인사하기로 했거든요. 그래서 저도 집에 남아요."

아, 나도 여행 가고 싶었는데, 아시카와 씨가 아쉽다는 듯 말한다. 니타니가 "그럼 무코스케는 왜 호텔에 맡기나요?"라고 묻자, 동생이 아아, 하고 과장된 한숨을 내쉬었다. 아휴, 라고 들리기도 했다.

"누나 혼자서는 무코스케를 못 돌보거든요. 밥도 못 챙기고 산책도 혼자서는 못 시켜요. 저랑 부모님 말은 잘 듣는데 누나만 얕보는 통에."

아시카와 씨가 뺨을 부풀리며 토라지는 시늉을 하더니, 팔을 뻗어 운전석의 동생을 찰싹 때린다. 한소리 하려나 싶었는데 너 정말, 이라고 할 뿐이었다. 니타니의 손을 무코스케가 핥고 있었다.

역 앞까지 걸어서 오코노미야키집에 들어간다. 손글씨로 '주인이 오사카 출신!'이라고 써넣은 빛바랜 포스터가 벽에 붙어 있다. 커다란 철판 달린 테이블이 네 개, 마찬가지로 철판이 달린 호리고타쓰* 방이 여섯 개 있는데 전부 절반 정도 차 있었다. 딱 하나 비어 있던 테이블에 니타니 씨와 마주앉은 뒤, 물수건을 갖다준 점원에게 생맥주 두 잔을 시키고 메뉴판을 펼쳤다.

"오본 연휴 때 어디 갔어?"

"완전 최악이었어요. 계속 도쿄에 있었고."

"최악이라니?"

"다음달에 고등학교 친구 결혼식에 가는데, 거기 오는 친구들이 다 치어리딩부 애들이라서, 축하로 공연을 해주자는 얘기가 나왔거든요. 신부 몰래 서프라이즈로, 신랑도 조금 참여시켜서…… 연휴 내내 그거 기획하고 연습하느라 시간

* 테이블 아래쪽을 파서 다리를 넣고 앉을 수 있게 만든 자리.

다 갔어요."

기억을 떠올리고 그만 무거운 한숨을 내쉰다.

"저런, 보통 일이 아니었겠네. 난 실제로 본 적이 거의 없어서 막연한 이미지만 있는데, 그냥 치어걸하고는 다른 거지? 탑 쌓기 같은 것도 하고, 격렬하지 않아?"

"사실 치어걸이라는 건 없어요. 코스프레 같은 거죠. 동아리나 경기, 대회에서 하는 건 치어리딩이고, 그리고 치어댄스라는 것도 있어요. 그쪽이 치어걸로 불리기도 하는데, 정확하게는 치어리더예요."

"아, 치어리더."

들어봤다는 듯 니타니 씨가 고개를 끄덕인다.

"치어, 그러니까 응원을 리드하는 거, 이렇게 말하니 거창하네요. 연습을 충분히 하지 않으면 어렵고 위험하기도 해요. 남의 어깨에 올라가고 그 위에 또다른 사람이 올라가는 삼단 대형이나, 팔심만으로 서로 지탱하는 부채꼴이나, 대열을 유지한 채 행진하는 것만 해도 과거에 해봤으니 할 수 있을 거라 생각할 만큼 간단한 게 아니거든요. 그래서 결혼식에서 공연하자는 얘기, 저는 반대했는데."

"하게 됐구나."

나는 고개를 끄덕인다. 점원이 맥주를 가져다줬다. 아스파라거스와 항정살 철판구이와 두부 스테이크를 주문한다. 점원은 주문을 받아적고 주방에 가더니 곧바로 접시를 들고 돌아왔다. 철판에 불을 켜고 기름을 둘러 아스파라거스와 항정살을 굽고, 조금 떨어진 자리에서 숭덩숭덩 썰린 두부도 구웠다. 두부에 뿌린 간장이 타는 냄새가 피어오른다. 익으면 드세요, 하는 말을 남기고 점원이 떠났다.

"아무래도 삼단 쌓기는 무리니까, 대형을 짠 다음 팔이나 목을 크게 써서 상반신 움직임이 화려해 보이는 기술을 넣어 짧게 하기로 했는데, 도구를 들고 그럴듯하게 보이도록 움직이려면 제법 근육이 쓰이거든요. 순서 외우는 거야 몇 번만 해보면 되지만, 동작을 확실하게 하려면 집에서도 혼자 연습해야 돼요."

"고향, 규슈 쪽이랬나?"

"후쿠오카예요. 하카타 시내 말고 시골 쪽이지만."

"연습하고 싶어도, 친구들은 고향에 있는 거 아냐?"

"반 정도는 간토 쪽에 와 있어요. 오사카에도 좀 있고. 일단 모일 수 있는 애들끼리 연습하고, 결혼식은 고향에서 올리니까 전날 모여서 맞춰보고…… 그런 식으로 해서 잘될 리가 없는데."

니타니 씨가 오코노미야키 뒤집개로 아스파라거스와 항정살을 뒤집었다. 나는 두부를 뒤집는다. 치익, 하고 반대면이 구워지는 소리가 난다.

"오시오 씨는 착실하네."

니타니 씨가 감탄하는 것도 무시하는 것도 아닌, 그저 생각한 그대로 말한다는 투로 중얼거렸다.

"치어리딩을 좋아해서 그런 게 아니잖아. 이왕 할 거라면 제대로 하고 싶은 거지."

나는 조금 놀란다. 니타니 씨가 말한 대로였다. 뭐라고 대답할까 생각하는 사이, 니타니 씨가 점원에게 손을 들어 맥주를 주문한다. 생맥주 말고 병맥주, 잔은 두 개 주시고요, 아, 큰 병으로 주세요. 잠시 후 병맥주와 성에가 낀 유리잔이 나오기를 기다렸다가 말한다.

"저는 딱히 치어리딩을 좋아한 게 아니라, 착실한 편이기도 하고, 그냥 할 수 있으니까 한 거예요. 고등학교 3학년 여름까지였으니 본격적으로 활동한 건 이 년이네요. 같은 반에 중학교 동창들이 별로 없었는데, 처음 옆자리에 앉았던 애가 치어리딩부 체험하러 간대서 따라갔다가 그대로 같이 가입했어요. 연습하는 건 힘들었지만, 운동부 연습은 어딜 가든 다 힘들잖아요. 못 견디게 싫지도 않아서 그냥 은퇴까지 계속했죠. 그뿐이에요. 치어리딩을 했구나, 정말 활발한가보다, 하는 소리를 사회 나와서까지 들으니 좀 싫기도 하고, 무슨 상관인가 싶어 쓴웃음이 나오기도 했는데, 결혼식 축하로 치어리딩이라니."

축하 공연을 위해 잠깐 연습한들 매일 연습하고 단련했던 고등학생 시절 수준의 치어리딩은 하지 못하니 결국 '그럴싸한' 정도에 멈출 것이 뻔하고, 갑자기 서프라이즈 공연을 본 신부의 눈에도 '그럴싸한' 것으로밖에 비치지 않을지 모르지만, 신부는 분위기를 깨지 않으려고 감동한 척할 수밖에 없을 테고, 만약 정말로 감동해버린다면 그것도 무섭다. 대체 뭘까. 우리는 친구지만, 고작 이 년밖에 하지 않았던 그것에 묶인 관계인 걸까, 앞으로도 계속 그런 걸까.

"도중에 관두는 걸 잘 못해요. 관둔다고 하고 이리저리 수

습하러 다니거나 주변 반응을 생각하는 게 힘들어서요. 당시에는 안 맞는다는 생각도 별로 안 하고, 매일 연습하고는 힘들어하기만 했어요. 다들 힘들다고 하니 똑같은 줄 알았죠. 다르다고 깨달은 건 은퇴하고 나서예요. 다들 또 하고 싶다는 거예요. 진짜 진지한 얼굴로, 다시 한번 다 같이 무대에 서고 싶다고, 대학교 들어가면 치어리딩부를 찾아봐야겠다고 하는데, 저는 상상만 해도 싫더라고요. 죽어도 다시 하기 싫은데. 그래서 나는 치어리딩이 안 맞았구나 했죠. 남을 응원하거나 격려하는 걸 좋아하지 않는다고, 하지만 잘해서, 하면 해내버리는 거라고. 뭔가 회사 일이랑 비슷한 느낌이에요. 이대로 정년퇴직 때까지 다니겠지 싶긴 한데, 일하기는 매일같이 싫거든요. 회사 선배 앞에서 할 말은 아니지만. 그래도 다들 그러잖아요, 일하기 힘들다고. 그러니까 이게 보통이구나 싶어요. 매일같이 싫어해도, 매일같이 일할 순 있으니까, 앞으로도 계속 일하겠구나, 그렇게 생각하는 거예요."

"나는 회사 일 그렇게 싫어하지 않아."

"으악, 진심이에요?"

"응. 달리 할 것도 없고."

니타니 씨가 실실 웃기에 농담임을 눈치챘다.

"뭐야, 할 게 없긴 왜 없어요. 아아, 공연하기 싫다. 끝날 때까지 술도 못 마셔요, 오랜만에 가는 결혼식인데."

"그러고 보니 결혼식에서도 밥 먹는구나."

진절머리 난다는 표정으로 니타니 씨가 중얼거렸다.

"남을 축하하는 일도 먹고 마시면서가 아니면 못한다니, 심각하네."

나는 "맞아요" 하며 고개를 끄덕이고, 취기가 도는 것을 느끼면서도 오늘도 집에 가면 치어리딩 연습해야겠네, 라고 생각한다.

미팅 공간에 펼쳐두었던 라벨 색상 샘플을 정리하고 자리로 돌아와서 컴퓨터 화면을 보는데, 시야 끄트머리에 오시오 씨가 한숨을 내쉬는 것이 보였다. 오전에 작은 실수를 한 타격이 아직 가시지 않았나 생각함과 거의 동시에 탕비실에서 나온 아시카와 씨가 "세시도 넘었으니 슬슬 오늘의 간식을

꺼내도 될까요?"라고 목소리를 높였다. 이쪽이었구나, 니타니는 오시오 씨가 내쉰 한숨의 의미를 바로잡았다.

"오늘은 케이크 만들어 왔어요."

아시카와 씨가 냉장고에서 한아름만한 종이상자를 꺼내온다. 케이크집 사장님 같아, 하고 파트타이머들이 내용물을 보기도 전에 입을 모아 말한다. 아시카와 씨는 후후 웃으며 미팅 공간 테이블에 상자를 내려놓고 옆부분을 열어서 내용물을 꺼냈다. 귤과 키위같이 상큼한 과일과 새하얀 생크림으로 풍성하게 장식한 쇼트케이크 한 판이었다. 순식간에 공기가 달콤해진다.

"대단하군, 안 그래?"

안 그래? 하면서 이쪽을 뒤돌아보는 후지 씨에게 "진짜 대단하네요"라고 대답한다. 여자 파트타이머들이 휴대전화로 몇 장씩 사진을 찍는다.

지난 주말에는 아시카와 씨가 집에 오지 않았다. 토요일에 아이싱 클래스에 갔다가 일요일은 하루종일 케이크를 만들 예정이라고 했었다. 그렇게 만든 케이크가 이것인가보다.

"아이싱이 뭐예요?"

그전 주말, 아시카와 씨가 만든 연어 뫼니에르를 먹으면서 니타니가 묻자 그녀는 보기 드물게 자신만만한 표정으로 설명해줬다.

"홀 케이크에 매끈하고 깔끔하게 크림을 바르는 기술이에요. 빈틈없이 고른 두께로, 꼭 기계로 바른 것처럼."

기계로 바른 것 같은 케이크를 먹고 싶으면 공장에서 만든 케이크를 먹으면 되지 않나 니타니는 생각했지만, 아시카와 씨는 그렇지 않은 모양인지 의욕에 가득차서 말했다.

"토요일에 배워서 일요일에 만들 건데, 성공하면 가져올게요."

그럴 거면 집으로 가져와도 됐을 텐데, 아시카와 씨가 케이크를 가져온 곳은 회사였다.

"그 아이싱 클래스는 어디서 하는데요?"

"지유가오카예요. 클래스라지만 요리학원은 아니고 개인 집인데, 요리를 무척 잘하는 사람이라 가끔 자택에 사람들을 모아서 자기만의 팁 같은 걸 알려주곤 해요. SNS에서 사진을 봤는데 부엌이 엄청 넓고 예쁘더라고요."

"지유가오카면, 도쿄? 도쿄까지 가요?"

놀라서 물었지만 아시카와 씨는 간단하게 고개를 끄덕이고 대화를 이어갔다.

평소에는 마루노우치에 있는 회사에서 일한다는 그 요리의 달인은 일하기도 바쁠 게 분명한데 매일 예쁘게 식탁을 차리고 휴일에는 베이킹도 해서 SNS에 사진을 올린다고 한다. 그게 무척 인기가 많아 언젠가 책도 나올 거 같다는 얘기를 눈을 반짝이며 하길래 "그렇게 되고 싶어요?"라고 묻자, 아시카와 씨는 조잘거리던 입을 딱 멈추고는 "그런가봐요" 하고 스스로 깨달은 것처럼 중얼거렸다. 이 사람은 쉽게 남을 동경하는구나, 그런 생각에 니타니는 시시해진다.

그 아이싱 기술을 전수받은 아시카와 씨의 케이크가 지금 눈앞에 있다.

"저기, 죄송하지만 여기 놔둘 테니까 직접 가져가주시겠어요?"

아시카와 씨가 케이크를 잘라서 손님용 접시에 한 조각씩 올린다. 손에 들린 칼은 날이 톱처럼 되어 있어서 케이크나 빵을 깔끔하게 자를 수 있다고 하는데, 그 역시 아시카와 씨가 가져와 탕비실에 놔둔 것이었다.

미팅 공간 앞에 사람들이 모인다. 조각 케이크 접시가 이미 네 개 정도 놓여 있었지만 다들 제일 먼저 손을 내밀기가 망설여지는지, 잘 만들었다는 둥 칭찬하면서 아시카와 씨가 마저 담는 걸 기다리고 있다. 그 무리 끄트머리에 니타니가 와서 섰을 때, 두 사람 건너 아시카와 씨 쪽에 서 있던 오시오 씨가 목소리를 높였다.

"케이크, 모자라지 않나요?"

어라, 그런가, 어디 보자, 하나 둘 셋…… 사람들이 세기 시작했는데 "어라" 하고 놀란 것치고는 침착한 표정들이라, 케이크 앞에 모일 때부터 이미 다들 눈치채고 있었다는 걸 알 수 있었다.

"앗, 네, 맞아요! 홀 케이크를 두 판씩 들고 올 수 없어서 하나만 가져왔는데, 아무리 해도 여덟 조각밖에 안 나와서, 죄송하지만 여덟 분밖에 못 드실 거 같아요! 누가 먹을지 다 같이 정해주세요!"

아이구, 공기가 술렁이며 명백히 흥이 깨진 분위기가 풍겼다. 후지 씨만 진심어린 말투로 "거참, 나는 꼭 먹고 싶은데" 하며 마치 못 먹는 게 확정된 사람처럼 한탄하자, 옆에서 있던 여자 사원이 웃음을 터뜨렸다. 그 웃음소리에 우쭐해진 후지 씨가 말을 잇는다. "아니, 미리 말했으면 내가 아시카와 씨 집까지 차로 데리러 갔을 텐데. 그러면 홀 케이크 두 판이든 세 판이든 들고 올 수 있었잖아, 안 그래? 다음부터는 연락하라고." 아시카와 씨는 케이크와 나이프에 시선을 고정한 채, 하지만 고개 숙인 각도에서도 분명히 알아볼 수 있는 미소를 지으며 "그렇네요, 실수. 다음에는 그렇게 할게요!"라고 대답한다.

가위바위보로 정하자고 의견이 모아졌을 때 전화가 울렸다. 후지 씨 자리였는데, 오시오 씨가 띠리리리의 '띠' 소리가 나자마자 재빨리 반응해서 가까운 자리의 전화로 손을 뻗어 받았다. 말하는 것을 보아하니 아무래도 타 지점에서 온 문의전화 같은데, 후지 씨에게 바꿔주지 않고 "작년에는 이런 식으로 대응했는데요" 하며 얘기를 이어간다. 그러더니 수화기를 귀에 댄 채 돌아보고는 사람들에게 보이도록 빈손으로 케이크를 가리킨 다음 휘휘 내저었다. 주위 사람들이 고개를 끄덕인다. 타이밍 안 좋네, 하고 동정하는 목소리가 흘러나오고, 후지 씨가 "좋았어, 라이벌이 한 명 줄었군"이라며 익살을 떨었다.

니타니가 문득 시계를 보니 오후 세시 이십분이었다. 이후에 잡혀 있는 회의까지 사십 분 남았고, 준비하기에는 누가 봐도 너무 일렀지만, 오시오 씨 말고는 아무도 자리로 돌아가지 않고 왁자지껄 떠드는 모습을 보고 있자니 낮에 먹은 편의점 도시락에 들어 있던 튀김옷 두꺼운 닭튀김이 위장 속에서 다시 원래 형태로 되돌아가는 듯한 기분이 들었다. 딴은 자연스럽게 보일 만큼 티나게 아, 맞다, 하고 한숨을 섞어 중얼거린다. "이따 회의 있지. 저는 준비해야 하니까, 케이크는 여러분끼리 드세요." 한 걸음 물러난 뒤, "아쉽다. 나도 케이크 먹고 싶은데"라고 덧붙였다.

후지 씨와 눈이 마주친다. 조금 전처럼 "나야 좋지" 같은 소리를 할 줄 알았는데,

"니타니는 안 돼, 먹어야지."

유난히 또렷한 투로 그렇게 말하기에, 네에? 하고 그만 얼빠진 목소리로 대답하고 말았다. 황급히 입을 다물었다가 "왜요?"라고 살짝 웃음을 섞어서 다시 대답한다.

"왜냐니, 그거야 뭐…… 그치?"

후지 씨가 의미심장하게 말하자 파트타이머를 중심으로 몇몇 사람이 히죽대며 고개를 끄덕인다. 뭐야, 이 사람들 알고 있나? 여전히 타 지점 사람과 통화중인 오시오 씨의 시선까지 느껴져 니타니는 등허리가 서늘하다. 이 대화가 분명 자기에게도 들릴 텐데, 아시카와 씨는 이쪽에 눈길도 주지 않고 케이크에 올라간 딸기의 각도를 바로잡고 있다. 너도 한패였어? 니타니는 몹시 불쾌했지만 "에이, 뭐예요"라고 어색하게 잡아뗐고, 그러는 스스로를 한 대 치고 싶어졌다. 죽고 싶어지는 건 바로 이런 때다. 콱 죽고서는 여봐라, 죽었네, 쌤통이다, 하고 아무한테나 소리치며 엉망진창이 돼버리고 싶고, 그렇게 됐습니다 같은 말을 지껄이고 싶다.

결국 여덟 조각뿐인 케이크 중 한 조각을 니타니가 먹게 되었는데, 히죽대면서 지켜보는 눈이 있는 이상 나중에 먹겠다고 하기도 어렵고, 나중에 혼자 케이크를 꺼내 먹느라 눈에 띄기도 싫었기에 그 자리에서 해치우는 수밖에 없었다.

"엄청 맛있네, 가게에서 파는 것보다 맛있어."

성공적으로 케이크를 차지한 후지 씨가 큰 소리로 말한다. 케이크를 쟁취한 다른 사람들도 각자 "으음!" "맛있어!"

"대단하네!"라고 말끝마다 힘주어 말한다. 그게 매너였다.

수제 간식을 먹을 때의 매너. 큰 소리를 내면서 먹을 것. 감동하는 연기를 보여줄 것. 한입 먹자마자 일단 "맛있다"라고 말하고, 반쯤 먹고 나서 "우아, 이 소스 어떻게 만든 거예요?"라고 관심도 없는 질문을 하고, 다 먹은 뒤에 "아, 맛있었다! 잘 먹었습니다"라고 대단히 만족스럽다는 투로 선언해야 한다.

겨우 케이크 한 조각 받았을 뿐인데 어째서 그런 노력을 해야 하는 거야, 라는 말은 왜 아무도 하지 않을까. 니타니는 그렇게 생각했지만, 포크를 들고 "맛있겠다, 잘 먹겠습니다"라고 말하고, 한입 먹고 나서 "와, 엄청 맛있네요"라는 말도 하며 묵묵히 마지막까지 먹었다.

생크림이 입안 가득 퍼진다. 치아 뒷면, 어금니 안쪽 가장 깊숙한 잇몸까지 들어온다. 귤과 키위를 씹어서 으갠다. 과즙이 입안에 퍼진다. 퍼지는 범위를 최대한 좁히려고 턱을 살짝 들고 고개를 기울인다. 씹을 때마다 쩝쩝 품위 없는 소리가 난다. 혀에 발린 생크림, 그 위의 과즙. 스펀지 시트가 입안 여기저기에 부딪힌다. 부드러운 부분도 있고 촉촉한 부분도 있지만 크림과 과즙 때문에 결국엔 전부 눅눅해진다. 씹어서 으깬다. 삼키는 순간, 한층 달고 무거운 냄새가 목구멍에서 머리 뒤쪽을 통과해 코로 올라간다.

속도가 부자연스럽게 빨라지지 않도록, 맛을 음미하듯이, 하지만 동시에 너무 맛있어서 단숨에 먹어치운 것처럼 보이게끔 니타니는 포크를 입으로 날랐다. 맛있다면 웃어야 한다. 먹을 때는 입안이 엉망이니 입으로 웃을 순 없다. 그래서 눈이나 뺨으로 웃으려고 하는데, 뺨도 쉴새없이 움직이는 터라 모양이 잡히지 않는다. 그렇다면 눈으로만 웃으면 되는데, 이 냄새가 문제다. 달고 묵직한 냄새가 난폭하게 코를 빠져나와 눈까지 닿는다. 흡, 하고 배에 힘을 준다. 한껏 힘을 주면 잠깐 숨이 멈추고 냄새가 멎지만, 힘을 빼면 아까보다 몇 배는 달다.

마지막 한입이 남았을 때 문득 시선을 느끼고 비스듬히 앞쪽을 보니 오시오 씨가 쳐다보고 있었다. 표정이라 할 만한 게 없는 얼굴이지만 니타니와 눈이 마주치자 "맛있겠다아"라고 말했다. 니타니는 "진짜 맛있어"라고 대답하고, 입을 연 김에 마지막 한입을 해치웠다.

후지 씨가 쓴 접시도 같이 탕비실로 가져가 수세미에 세제를 묻혀 닦았다. 보는 사람이 없다는 걸 확인하고 입안도 헹군다. 손등으로 입가를 닦는다. 다들 맛있다고 하면서 먹었지만, 누구도 아이싱이 어떻다든가 크림이 예쁘게 발렸다든가 하는 말은 하지 않았다고 생각하니 위액이 분비되어 조금 편해졌다.

10월에 접어들었지만 역에서 집까지만 걸어도 땀으로 속옷이 젖을 만큼 무더운 날이 이어져 대체 여름은 언제 끝날 거냐고 진저리를 냈는데, 이틀 연속 비가 내리더니 갑자기 서늘해졌다. 그 무렵 큰 수주 건이 생겨 갑자기 분주해졌다. 연말까지 엄청 바쁘겠다며 후지 씨가 질색하는 얼굴을 하기에, 니타니가 올해 안에 끝날 거 같지 않은데요, 하며 어림잡아보자, 내년 초부터 봄까지 있을 일을 미리 생각하기 싫다는 토로가 돌아왔다.

정시 퇴근이 힘들어진 뒤로 니타니는 퇴근시간이 조금 지나면 탕비실에 가서 낮에 편의점에서 사둔 삼각김밥이나 빵을 먹으며 짧은 휴식을 취하곤 했다. 배에서 소리가 나니 어쩔 수 없다. 그리고 다시 밤 열시, 열한시까지 일한다. 오시오 씨는 집에서 삶은 달걀을 가져와 냉장고에 넣어두었다가, 배고파지면 머그잔에 분말수프를 타서 함께 먹었다. 근처 덮밥집에 가서 먹고 오는 사람도 있었다. 이렇게 일이 많은데도 먹는 것을 거를 수 없다는 점이 니타니는 답답했다. 후지씨처럼 간식으로 배를 채우며 버티다 집에 가서 저녁을 먹는 사람도 있었지만, 니타니로서는 그런 일을 상상할 수 없었다. 그렇게까지 차려 먹고 싶을까 싶어 걸신들린 사람을 보는 기분이었다.

아시카와 씨는 오후 여섯시에서 일곱시 사이에는 퇴근했다. 대체로 여섯시 십오분쯤에 갈 때가 많았다. 일곱시 넘어 퇴근하는 날이 이삼일 이어지면 다음날 몸이 안 좋다고 출근하지 않는 탓에, 아예 못 나오는 것보단 낫겠다 싶어 다들 여섯시가 넘으면 "슬슬 들어가는 게 어때" 하며 그녀에게 퇴근을 종용했다. 아시카와 씨는 연약하게 웃으며 오늘도 머리가 좀 아파서요, 하고 그날의 몸 상태를 알린 뒤 퇴근했다.

아시카와 씨가 나가며 문이 닫히는 소리를 덮씌우듯 오시오 씨가 소리 내어 한숨을 쉰다.

"좀 참아. 다른 지점에서 고작 다래끼 정도로 쉬지 말라고 화낸 사람이 되레 좌천당했다는 얘기 들어봤잖아."

후지 씨는 날파리 쫓듯 오른손을 휘저으며 말하고는, 오시오 씨보다 한층 크게 한숨을 내쉬었다.

"오늘은 이거예요."

아시카와 씨가 웃으면서 내민 것은 샛노란 복숭아타르트였다. 옅은 하늘색 종이가 깔려 있다. 평일 밤에 이런 걸 만들 시간이 있나? 순간적으로 그런 생각부터 든다.

"정말 맛있겠네요."

니타니는 눈썹 끝을 내리고 아시카와 씨를 바라보았다. "대단하다"며 흥분한 목소리로 덧붙인다. "매번 고마워요. 잘 먹을게요."

아시카와 씨는 아니에요, 제가 늘 감사하죠, 하고 미소로 대답한다. 고개를 가로젓자 머리카락이 살랑살랑 흔들린다. 아시카와 씨는 다음 사람에게 타르트를 나눠주러 간다. 니타니는 주위에 들릴 만한 목소리로 "오늘 일 끝내고 보상으로 먹어야겠다" 하고 말하며, 포장지째 랩에 싸서 '니타니'라고 적은 포스트잇을 붙인 다음 냉장고에 넣었다.

아시카와 씨가 정시에 퇴근하고, 후지 씨와 오시오 씨도 밤 아홉시쯤 퇴근했다. 저는 좀더 하다가 가겠습니다, 라고 말한 뒤 회사에 혼자 남자 냉장고에서 타르트를 꺼낸다.

노란 복숭아에 들러붙은 랩을 손가락으로 벗겨낸다. 단맛과 신맛이 뒤섞인 냄새가 난다. 갈색 타르트지는 단단했고, 복숭아 아래 커스터드크림이 가득 채워진 듯했다. 이 타르트지까지 직접 구워서 만들었대, 진짜 대단하다, 하고 낮에 타르트를 받은 사람들이 그런 대화를 나누었더랬다. 반죽을 해서 모양을 잡아 굽고, 타르트 틀을 만들고, 그 위에 커스터드크림을 채우고, 물기를 뺀 복숭아 통조림을 올리고, 냉장고에 넣어 식히고, 망가지지 않도록 조심하며 회사까지 들고 와서, 다들 피곤해할 시간대에 꺼내서 웃으며 나눠준다. 상당한 노력이 필요하다. 왜 그런 일을 하는 걸까 생각하다가, 처음부터 한심하다는 결론을 내리기 위한 생각이라는 걸 자신도 알기에 허무한 기분에 빠진다.

혼자 있으려니 에어컨 소리가 크게 들린다. 니타니의 책상 위쪽만 불이 켜져 있고 사무실의 삼분의 일은 깜깜하다.

컴퓨터 화면에 집중할 때는 신경쓰이지 않던 어둠과 고요함이 온몸을 뒤덮는다. 니타니는 복숭아타르트를 몸 앞에 두고 양팔로 감싸듯 팔을 뻗어 키보드를 두드리며 오늘 회의 의사록을 작성했다. 타이핑이 끝나자 오른손을 마우스로 옮겨 화면을 스크롤하며 처음부터 끝까지 한번 훑는다. 오탈자는 내일 확인하기로 하고 덮어쓰기로 저장한 다음 파일을 닫았다.

마우스를 떠난 오른손을 그대로 타르트 위로 이동시켜 떨어뜨린다.

마우스를 잡고 있던 모양 그대로 낙하한 손바닥에 차갑고 질척이는 탄력이 느껴졌다. 손바닥에 힘을 줘서 아래로 타르트를 짓이긴다. 손가락을 젖혀서 위로 쭉 뻗는다. 손안에서 타르트의 윤곽이 뭉개지고, 부서진 파편이 크림에 꽂히는 감촉이 느껴진다. 이내 손가락 사이로 복숭아 안쪽의 연노랑 크림이 튀어나왔다. 크림이 퍼진 곳에 닿은 피부가 축축하고 차갑다. 오른손을 든다.

왼손으로 티슈를 몇 장 뽑아 오른손에 묻은 크림을 닦는다. 더러워진 티슈를 뭉개진 타르트 위에 덮고 그대로 같이 비닐봉투에 넣는다. 컴퓨터 전원을 끄고 자리에서 일어섰다.

복도를 걸으며 비닐봉투를 쥔 손에 힘을 줘서 으스러뜨리고는 공기가 빠져 납작해진 봉투를 구깃구깃 뭉쳐 쓰레기통에 버렸다. 청소부가 다녀갔는지 허리 높이의 커다란 쓰레기통이 텅 비어 있었다. 쓰레기가 바닥에 떨어지는 소리가 어두운 복도에 울려퍼졌다.

사무실 열쇠를 경비실에 맡기고 밖으로 나온다. 바람이 차다. 집으로 걸어가는데 허기가 느껴지고, 그게 너무 귀찮아서 견딜 수 없다. 배가 고프지 않으면 아무것도 먹지 않아도 되는데, 배가 고프니까 뭔가 먹어야 한다. 집까지 가는 길에는 편의점과 마트가 하나씩 있다. 어디에 들를지 생각하면서 걸으려니 우울했다.

날짜가 바뀔 시각에 니타니 씨와 함께 회사를 나와 새벽 세시까지 영업하는 선술집 체인점에 들어갔다. 치킨난반*과

* 튀긴 닭고기를 간장소스에 적시고 타르타르소스를 뿌려 먹는 음식.

토마토샐러드, 흰쌀밥, 된장국을 시켜서 먹고 삼십 분 만에 가게를 나왔다. 니타니 씨는 맥주를 한 잔 마셨지만 나는 우롱차를 시켰다. 피로가 쌓여서인지 요즘은 맥주 한 잔에도 몸이 무거워진다. 머리가 취하기 전에 몸이 먼저 취한다. 내일도 아침부터 일할 생각을 하니 마실 수 없었다. 밥집에 온 거 같네, 우롱차를 마시는 나를 보며 말하는 니타니 씨의 얼굴도 지쳐 있었다. 얼굴 전체에 회색 필터가 낀 것처럼 보인다. 아직도 수요일인가, 니타니 씨가 환자 같은 목소리로 말했다.

가게를 나와 역으로 걸어가는데 2미터 정도 앞을 고양이가 가로질러갔다. 덩치 큰 흰색 고양이는 우리 쪽에 눈길도 주지 않고 재빨리 모습을 감췄다. 서로 눈으로는 고양이를 좇으면서도 굳이 언급하거나 멈춰 서지 않고 계속 걷다가, 문득 생각나는 게 있어서 말을 꺼냈다.

"선배가 우리 지점에 오기 전 일인데요, 아시카와 선배랑 둘이 거래처 다녀오는 길에 고양이 울음소리를 들었어요. 꽤 큰 소리로 계속 야옹야옹 우는 통에 신경이 쓰여서 소리 나는 쪽으로 가봤거든요. 역에서 좀 떨어진 조용한 주택가에 좁은 강이 흐르는 곳이었는데, 난간에서 내려다보니 바로 옆 물가에 있는 구덩이에 고양이가 떨어져서 울고 있는 거예요. 구덩이라고 해야 하나, 뭐하는 공간인지 모르겠는데, 큰 냉장고가 쏙 들어갈 만한 네모난 구멍이 벽에 둘러싸여 있고, 윗부분이 지면에서 살짝 튀어나온 형태였어요. 사방이 콘크리트 벽이고, 고양이는 바닥에 있었죠. 저 정도 높이는 고양이가 타고 오를 수 있지 않나 했는데, 벽이 수직이고 좁은데다 울음소리를 듣자하니 못 올라와서 저러는구나 싶더라고요. 아시카와 선배가 어떡하냐고 안타까워하길래 같이 강으로 내려갔어요."

날이 선선해질 무렵이었다. 거래처는 무농약 채소를 판매하는 작은 회사였는데, 채소 간이포장을 비닐에서 종이로 바꾸면서 디자인을 변경하고 싶다는 의뢰였다. 대표라는 초로의 남자는 아시카와 씨와 내게 까칠하게 굴진 않았지만, 대신 "이렇게 귀여운 아가씨들한테 일을 시키고 말이야" 하며 회사를 비난하듯 말했다. 아시카와 씨는 내내 후후 소리 내어 웃어주고, 나는 디자인을 설명하려다 가로막히고, 결국 그 대표의 옛이야기만 듣다 끝났다. 우리를 보낸 후지 씨도 이렇게 되리라 예상하지 않았을까 싶었다. 다음번에 사무실에 와서 구체적인 디자인을 협의하자는 약속을 어찌어찌 받아내어 아시카와 씨는 잘됐다며 기뻐했지만, 나는 아무 수확도 내지 못한 기분이 들어 지치고 짜증이 난 상태였다.

니타니 씨가 "그래서" 하며 뒷이야기를 재촉한다.

"앞에 계단이 있어서 강가로 내려갔거든요. 고양이가 떨어져 있는 구멍 쪽으로. 지면 위로 튀어나온 콘크리트 벽은 무릎 정도 높이였고, 쭈그려앉아 안을 들여다보니 2미터쯤 밑에 고양이가 보였는데요. 우리 모습을 보고 고양이가 한층 크게 울었어요. 아시카와 선배도 옆에서 들여다보고는 어떡해, 하더라고요. 어떡하고 말고가 어딨어요. 구해야지. 안 그러면 죽는데. 콘크리트 벽을 가까이서 보니 흙이나 이끼로 꽤 지저분했고, 발 디딜 곳이 없어서 타고 내려갈 순 없겠더라고요. 그래서 상반신만 아래로 숙여 손을 뻗어봤죠. 고양이를 잡기에는 한참 모자라지만, 손끝이 절반 정도까진 내려가니 내 팔을 타고 올라와주지 않을까 해서요. 그런데 갑자기 사람이 다가오니까 놀랐는지, 고양이가 제 팔을 등지고 더 크게 울기만 하는 거예요. 한동안 그 자세로 고양이의 마음이 바뀌기를 기다려봤지만 소용없었고, 머리에 피가 쏠리는 통에 일단 다시 올라와서 바닥에 앉았어요. 아시카와 선배가 그러더라고요. 대단하다, 나는 치마 입고는 그렇게 못해. 그날 저는 정장 차림이었는데 하의가 치마였으니, 상반신을 아래로 숙인 자세가 뭐, 품위 있진 않았겠죠. 하지만 거기 저 말고는 아시카와 선배뿐이었고, 일단 고양이가 먼저잖아요. 이렇게 안 하면 고양이를 못 구하지 않느냐고 제가 그랬어요. 그랬더니 아시카와 선배가 누구 불러올까, 하더라고요. 누구 말하는 거냐고 되물으니, 지나가는 남자한테 말을 걸어 도와달라고 하자는 거예요. 어이가 없었어요. 갑자기 헷갈리더라고요. 도와달라고 하자는 아시카와 선배의 눈빛이 너무 맑아서, 낮이고 바깥이라 더 그랬는지도 모르겠지만, 눈동자가 거의 반짝이기까지 해서 어라, 내가 틀렸나, 하는 기분이 들었어요. 하지만, 하지만 말이에요, 남자가 여기 온다고 고양이를 구할 수 있겠어요? 내가 팔을 뻗기만 해도 고양이한테 그럴 마음이 있으면 튀어올라서 꺼낼 수 있겠지만, 고양이가 그런 상태가 아닌데, 그러면 남자를 불러온들 방도가 없잖아요. 지금 생각해보면 경찰이든 어디든 연락해서 사다

리나 망 같은…… 도구를 가져올 수 있는 사람에게 부탁하면 좋았겠지만요. 이상하게 그때는 생각이 안 났어요. 내 손으로 해결해야겠다는 생각만 들어서. 그래서 싫다고 했어요. 남자를 부르면, 저는 치마 입었으니까, 그러면 고양이한테 손을 못 뻗게 되니까, 그래서 싫다고. 완전 횡설수설이죠."

내가 소리로만 웃자 니타니 씨도 그에 맞춰주듯 웃었다. 시선을 반대편 선술집 쪽에 둔 채 걸으며 간판 글자를 읽는 눈치길래 별로 관심이 없나 생각했는데, "그래서"라며 또 얘기를 재촉했다.

"비가 내렸어요. 원래 비 예보가 있었거든요. 밤부터 큰비가 내린다고. 아시카와 선배랑도 비 오기 전에 회사에 복귀하면 좋겠다는 얘기를 했고요. 이 구멍이 어떤 구조인지 모르겠지만 바닥에 물 빠질 데가 없으면 고양이가 죽을 거라고 생각하니 안달이 나서, 한번 더 상반신을 구멍에 집어넣고 팔을 뻗었어요. 벽에 딱 붙는 바람에 정장 앞면이 회색으로 더러워졌지만 더이상 신경쓸 상황도 아니었죠. 하지만 고양이는 여전히 제 손에서 되도록 멀리 도망가려고만 하고. 그때, 마침 무슨 생각이 나서 가방 안에 든 것들을 죄다 꺼내 바닥에 내려놓고 빈 가방을 잡고 밑으로 내렸어요. A4 크기만한 것도 들어가는 큼직한 가방이라, 최대한 팔을 뻗으니 거의 고양이에게 닿을 정도로 내려가더라고요. 사람 손보단 이런 물건을 고양이가 덜 무서워하지 않을까 싶었거든요. 아시카와 선배가 어떻게 됐냐, 괜찮냐고 물었지만 대답 안 했어요. 소리 내면 고양이가 무서워할까봐. 입다물고 가만히 기다린 지 오 분인가 십 분쯤 지났을까, 갑자기 고양이가 홱 뒤돌아보더니 가방으로 뛰어올라 그대로 후다닥 제 팔이랑 어깨랑 등을 타고 구멍 밖으로 뛰쳐나가지 뭐예요. 어찌나 가볍던지. 몸을 일으켜보니 고양이는 이미 사라지고 없고, 아시카와 선배가 저기로 도망갔다면서 위쪽 도로를 가리키더라고요. 아시카와 선배는 우산을 쓰고 있었는데요. 접이식. 흰 바탕에 보라색 꽃무늬 우산. 이유는 모르겠지만, 고양이가 무슨 색이었는지는 기억이 안 나는데 그 우산은 선명하게 기억나요. 비가 심하진 않아도 부슬부슬 내리고 있었고, 저는 몸을 앞으로 숙이고 있어서 등부터 허리까지 젖었어요. 여기 뚜껑 같은 게 없으면 위험하겠다 싶어 나중에 시청에 신고할 수 있게 지도 앱으로 주소를 확인하고, 그러고는 회사로 돌아갔어요. 가는 길에 아시카와 선배가 저보고 대단하다, 존경스럽다고 칭찬하더라고요. 역시 치어리더 출신이라는 말도 했네요. 자기는 절대 그렇게 못한다고. 나도 오시오 씨처럼 강해지고 싶다고. 음, 갑자기 죄송한데, 아까 그 고양이를 보니 생각이 나서요. 기억은 안 나지만 구멍에 떨어졌던 그 고양이도 흰색이었나봐요. 아니, 그건 상관없나. 너무 길었죠, 죄송해요. 이상하게 우리는 항상 아시카와 선배 얘기만 하네요. 이 자리에 있지도 않은데."

내 반대쪽을 쳐다보며 얘기를 듣고 있던 니타니 씨가 "원래 공통된 지인의 얘기를 많이 하는 법이잖아"라고 말했다. 고양이에 대해서는 따로 언급하지 않는 건가 했는데, 역에 다 왔을 때쯤 "강하니 약하니 하는 것과 고양이를 구하고 말고는 다른 문제니까, 만약 내가 그런 말을 들었다면 용납하지 못했을 거 같아" 하고 심각한 얼굴로 말했다. 나는 그 말에 구원받은 느낌이 들었지만, 그랬다는 사실이 너무 단순하게 느껴져 니타니 씨에게는 말하지 않고 가만히 고개만 끄덕였다. 딱히 용납 못할 건 없는데, 라고 문득 생각한다. 용납할 수 없어서 아시카와 씨를 싫어한다고 생각했는데, 아시카와 씨를 싫어하면 그녀가 무슨 일을 하든 용납할 수 있을 것 같기도 하다. 용납할 수 없다는 생각은 들지 않는다. 그 사람은 약하다. 약해서, 그래서 나는 그 사람이 싫다.

역 앞에서 손인사를 하고 헤어진다. 니타니 씨가 "조심히 들어가" 하고 인사한다. 혼자 들어가는 길에 나는 생각한다. 니타니 씨는 지금쯤 전철에 타서, 아까 진동음이 들린 걸 보아 아시카와 씨한테서 메시지나 전화가 온 모양이니 그걸 확인하고서 뭐라고든 답장을 보내고 있겠지, 라고.

저만 먼저 가는 게 죄송해서요, 라며 아시카와 씨가 수제 간식을 들고 오는 빈도가 늘었다. 니타니는 자기가 토요일에도 특근을 하느라 일요일밖에 못 만나게 된 만큼 시간이 많아진 건지도 모르겠다고 생각했지만, 고작 자기를 안 만난다고 시간이 많아진다는 것도 좀 이상해서 생각을 고치기도 했다. 둘이 함께 있다 해도 집에서 영화나 드라마를 보거나 두서없는 대화를 나눌 뿐이니, 취미인 베이킹에 쓸 시간이 늘

어나는 편이 당연히 낫다.

쿠키, 레몬마들렌, 트러플초콜릿, 사과머핀, 요거트치즈케이크, 라즈베리젤리, 도넛.

아시카와 씨는 잇따라 간식을 만들어 가져왔다. 케이크나 쿠키는 종류를 바꿔가며 몇 번씩 가져왔지만, 트러플초콜릿이나 도넛 등 딱 한 번만 등장한 간식도 있었다. 쉽지 않을 텐데 어쩜 이렇게 실패 없이 만드느냐는 하라다 씨의 칭찬에 아시카와 씨는 기쁜 듯 웃었다. 니타니는 아시카와 씨가 여러 번 연습해서 성공한 간식만 가져온다는 사실을 알았다.

점심시간 직전 아니면 오후 세시쯤. 아시카와 씨가 사람들에게 간식을 나눠주는 시간대는 대체로 둘 중 하나였는데, 쿠키나 젤리처럼 가볍게 먹을 수 있는 종류는 점심 전에, 마들렌이나 도넛처럼 배가 차는 종류는 '오후 세시의 간식'으로 내왔다. 세시의 간식은 야근이 잦은 모든 이에게 환영받았다. 배가 든든하면 그만큼 업무가 원활해진다.

후지 씨가 "아무래도 재료비라도 챙겨주는 게 좋겠다"라고 제안해 한 달에 두 번, 사원은 천 엔, 파트타이머는 3백 엔을 걷어서 아시카와 씨에게 주게 되었다. "이렇게 많이 안

주셔도 돼요!"라며 아시카와 씨는 사양했지만, "지금까지 만들어준 것도 포함한 거니까 받아둬"라는 하라다 씨의 말에 수줍게 웃으며 회사 봉투에 든 돈을 받아들고는, "받은 만큼 앞으로 더 맛있는 간식 많이 만들어올게요!" 하며 스스로를 격려하듯 두 손을 꽉 쥐어 보였다.

딸기케이크, 구운 바나나, 초콜릿마시멜로머핀, 호박파이, 군고구마, 와라비모치*, 푸딩.

그 자리에서 바로 먹을 수 있는 간식은 어쩔 수 없이 다 같이 모여서 먹었다. 예컨대 바닐라쿠키는 개별 포장할 시간이 없었다며 커다란 상자에 담아오는 바람에, 다들 줄을 서서 몇 개씩 받아 왔다. 손바닥 위에 티슈를 펼쳐두면 비닐장갑을 낀 아시카와 씨가 그 위에 쿠키를 올려준다. '무료 배식' 같은 단어가 머릿속에 떠오른다. 전혀 다른 상황인데도 떠오른다. 줄 서서 음식을 받는다는 것 말고는 공통점이 없다. 이건 생존을 위해 먹는 음식이 아니니까. 니타니는 생존을 위해 먹는 음식 말고는 싫다고 생각하지만, 매일 밤 맥주

---

* 고사리 전분에 물과 설탕을 넣고 반죽해서 차갑게 굳힌 떡.

를 마시고 안주를 먹는다.

개별 포장해서 한 사람당 하나씩 배분되는 마들렌이나 도넛, 접시에 담은 케이크는 괜찮았다. 나중에 먹겠다고 할 수 있다. 아껴뒀다가 야근할 때 먹으려고요. 그렇게 말하면 그것도 좋지, 하면서 동조하는 목소리가 여기저기서 들리는데, 정작 그들은 이미 그 자리에서 다 먹어치우는 터라 대체 뭐가 좋다는 건지 니타니는 의문이었다.

여섯시가 지나 파트타이머가 퇴근하고, 아시카와 씨가 퇴근하고, 하나둘 사람이 줄다가 후지 씨와 오시오 씨도 퇴근해서 보는 눈이 싹 사라지고 나면, 니타니는 야근할 때 먹겠다고 남겨둔 아시카와 씨의 간식을 꺼내서 버렸다. 손으로 으스러뜨리기도 하고, 비닐봉투에 넣고 책상 밑에서 구둣발로 짓밟기도 했다.

"잠깐 시간 괜찮으세요?"

니타니가 고개를 드니 오시오 씨가 작게 손짓하고 있었

다. 복도로 나와 조용하다 싶어 주위를 둘러보니 옆 부서는 이미 모두 퇴근했는지 문에 달린 불투명유리 너머로 붉은색 비상버튼 불빛이 흐릿하게 퍼져 보일 뿐이었다. 앞에서 걷는 오시오 씨의 머리카락이 어깨뼈를 따라 찰랑인다.

사람 없는 엘리베이터 앞에 멈춰 선 오시오 씨가 뒤돌아본다. 무슨 문제가 생겼을 때의 얼굴이다. 꼭 다문 입술, 찌푸린 눈썹 아래 한곳에 고정된 시선. 그런데 빵만 방심한 듯이 살짝 힘이 빠져 있다.

"하라다 씨가 그랬어요. 아시카와 씨 간식 버리는 사람, 너 아니냐고."

눈과 입이 또렷한 하라다 씨의 얼굴이 떠올랐다. 누굴 탓하는 태도 대신 무슨 사정이 있었을 거라며 상대를 배려하고, 곤란한 표정을 지으면서도 놓치지 않고 정곡을 찌르는 사람이다. 니타니는 오시오 씨를 바라본다. 파트타이머들은 모두 정시에 퇴근했으니 점심시간 아니면 근무중 탕비실이나 화장실에 둘만 있을 때 들은 얘기일 것이다.

"아니라고 대답했더니, 그게 사실이라면 이 말을 듣고는 간식을 버렸다는 게 무슨 말이냐, 누가 그렇게 못된 짓을 하느냐고 대꾸했을 거 아니냐며 나를 더 의심하는 거예요. 저는 아시카와 선배 바로 옆자리다, 간식도 받는 대로 바로 먹는다, 선배한테 확인해보면 된다고 약간 화를 냈더니 일단은 알겠다고 하더라고요. 그래도 실수했어요. 하라다 씨 말처럼, 간식을 버렸다는 게 무슨 말이에요, 라고 묻기부터 했어야 하는데. 전부터 알고 있었던 게 들통나잖아요. 들통이랄까, 음."

선배도 안 물어보네요. 간식을 버렸다는 게 무슨 말이냐고. 오시오 씨는 여전히 심각한 표정과 달리 어디 놀러가자고 권하는 듯한 목소리로 말했다.

니타니는 뒤가 신경쓰여서 돌아봤지만 아무도 없었다. 문을 여닫는 소리도 나지 않았으니 여기 있는 사람은 오시오 씨와 자기뿐일 텐데도 자꾸 등뒤가 신경쓰인다.

"제가 그랬다는 게 아니라요. 쓰레기통에 버려져 있는 간식을 주웠거든요. 그러고는 몰래 아시카와 선배 책상에 올려놨어요."

"언제부터?"

니타니가 오랜만에 소리를 냈다. 냉정한 목소리였다. 업무상 문제가 생겼다. 전후사정을 후배에게 확인한다. 누구의 실수인지는 아직 모르는 상황. 언성을 높여봤자 소용없는 상황. 그래서 담담하게 묻는다. 언제부터.

"지난달부터요. 거래처 사정으로 아침 여덟시에 회의가 잡힌 날 있었잖아요. 말도 안 된다, 너무 이르다고 불평하면서 다들 일곱시 반에 출근한 날. 제가 그날 제일 먼저 출근했거든요. 여섯시 반쯤 도착해서 경비실에서 열쇠를 가져와 미팅 공간 준비해놓고, 출근길에 편의점에서 산 빵을 먹고, 그 쓰레기를 제 자리 말고 복도에 있는 쓰레기통에 버리러 갔어요. 팩에 든 야채주스를 같이 마셨는데 섬유질인가 하는 그 걸쭉한 게 바닥에 남아서, 책상 밑 쓰레기통에 버리면 하루종일 냄새날 거 같아서요. 그래서 복도 쓰레기통에 버리려고 갔는데, 그 큰 쓰레기통 바닥에 뭐가 보이더라고요. 복도 쓰레기는 청소부가 수거하잖아요. 밤 여덟시쯤이랑 점심시간 이후에. 그래서 어제 늦게까지 야근한 사람이 먹은 건가보다 했는데, 흰색 비닐 안에 크림이 묻어 있길래, 어라 싶어서 쓰레기통에서 꺼냈죠."

"그 쓰레기통 꽤 크잖아. 손이 닿은 게 용하네."

"맞아요. 왼손으로 쓰레기통 가장자리를 잡고 오른손, 아니, 오른팔을 통째로 안으로 뻗었는데, 어깨 정도까지 들어가고서야 간신히 닿았어요."

오시오씨가 오른팔을 바닥을 향해 뻗어 보인다. 문득 니타니는 이 사람이 저렇게 팔을 뻗어 고양이를 구했다고 얘기했던 것을 떠올린다. 떨어진 걸 줍는 것이 특기인가.

"비닐에 든 건 타르트더라고요. 포도가 올라간 타르트, 기억나세요? 새하얀데 포도맛이 나던 크림요. 아, 안 먹었으면 모르겠네요. 그래도 다들 그 자리에서 말했잖아요. 이 크림에서 포도맛이 난다고."

안 먹었으면, 이라고 말할 때도 오시오 씨는 내내 심각한 표정이었다. 니타니는 점점 자신과 관계없는, 정말이지 단순한 업무상의 실수, 심지어 자신이 저지른 것도 오시오 씨가 저지른 것도 아닌 제삼자의 실수를 보고받고 있는 기분이 되었다. 니타니는 말없이 고개를 갸웃거리면서 이도 저도 아닌 반응을 보이며 뒷말을 재촉한다.

"크림이 비닐에 묻긴 했지만 타르트 형태는 그대로였어요. 한 입도 안 먹어서 그 큼직한 포도알 두 개도 고스란히 올라가 있었고요. 저는 멀쩡한 타르트를 다시 비닐에 넣고 최대한 공기를 빼서 작게 만든 다음에 입구를 묶어서 아시카와 선배 책상에 올려놨어요. 위에는 인쇄 오류가 나서 이면지로 쓰는 복사지를 한 장 덮어놨고요."

"그래서, 아시카와 씨는?"

"출근해서 바로 눈치챈 것 같았어요. 크림이 묻어 있다는 건 비닐을 안 열어봐도 알았을 테고, 손에 들어보고 어제의 타르트구나 했겠죠. 어떻게 나오려나 싶어 옆자리에서 곁눈질하는데 자기 발밑에, 책상 아래 쓰레기통에 쏙 넣고는 딱히 주위를 두리번거리지도 않고 평소와 똑같이 행동하더라고요. 후지 씨의 시시한 농담을 상대하면서 컴퓨터를 켜고, 냉장고에서 차를 꺼내 오고, 저한테 오늘 평소보다 일찍 출근하니 졸립다고 하고."

오시오 씨는 미간을 찌푸리며, 무섭지 않아요? 하고 속삭였다.

"그후에도 두 번, 쓰레기통에서 간식이 든 비닐을 발견하고 아시카와 선배 책상에 올려놨어요. 치즈케이크랑 베리머핀. 둘 다 처음 상태 그대로 들어 있어서, 쓰레기통에 있던 게 아니라면 비닐에서 꺼내서 먹어도 될 정도던데요. 그때는 밤늦은 시간에 발견하느라 제 책상 서랍에 넣어놨다가, 다음 날 아침 아무도 없을 때 아시카와 선배 책상에 올려놨어요."

왜 그런 짓을 했느냐고 물어봐야 할까. 잘못을 고백한다기보다 정기 업무보고 자리인 듯한 투로 말을 잇는 오시오 씨의 진지한 표정에, 오시오 씨는 웃을 때보다 이렇게 무표정할 때가 더 좋네, 하고 엉뚱한 생각을 하고 만다.

"하라다 씨는 아시카와 선배 출근 전에 발견했던 모양이에요. 책상에 놓여 있는 게 뭔지 궁금해서 복사지를 들췄다가, 누가 봐도 쓰레기같이 구겨진 비닐 안에 간식이 들어 있는 걸 본 거죠. 왜 제가 버렸다고 생각했는지는 모르겠지만. 제가 아시카와 선배 싫어하는 걸 들킨 걸까요? 파트타이머들 사이에 그런 얘기 도는 거 싫은데."

오시오 씨가 한숨을 쉰다. 뒷말을 기다렸지만 거기서 끝인 모양이었다. 니타니는 한번 더 뒤돌아보고 복도에 아무도 없는 것을 확인한 뒤에 말했다.

"그거 버린 사람, 나 아니야."

오시오 씨가 미간을 찌푸리고 니타니를 응시한다. 그럴

리가 없다고 말하는 눈빛이었다. 니타니는 그 눈을 가만히 마주본다. 이 사람과 나는 근본적으로 닮았지만, 근본이 닮았다 해도 다른 부분을 구성하는 건 전혀 다르니까 결국 전혀 다른 곳으로 나아갈 테지. 그런 생각을 한다.

"나는 버릴 때 완전히 뭉개버리니까, 처음 모양 그대로였다면 내가 버린 게 아니야. 오시오 씨가 버린 것도 아니라면, 즉 우리 말고도 넌더리 내는 사람이 또 있다는 소리지."

오시오 씨가 눈을 동그랗게 떴다.

"그 생각은 못했어요. 당연히 선배일 줄 알았는데…… 뭐, 생각해보면 딱히 이상할 것도 없네요."

에이, 그럼 관둬야겠다.

오시오 씨는 시시하다는 듯 내뱉고, 갑자기 화제를 돌려 현재 진행중인 업무의 진척 상황을 얘기하며 자연스레 사무실 쪽으로 걷기 시작했다. 오늘 어디까지 해놓고 퇴근하면 좋을지 서로 확인하면서 문을 열고 자리로 복귀한다. 그럼 어떻게든 두 시간 안에 끝내보자고. 그런 말을 주고받으며 각자 자리에 앉는다. 후지 씨가 "아니, 한 시간 안에 집에 가고 싶은데"라고 중얼거리자 다른 남자 직원이 맞아요, 하고 맞장구치고, 다들 입을 다물자 타닥타닥 키보드 두드리는 소리만 남았다.

주머니에서 휴대전화가 진동해서 꺼내보니 대학교 부전공 연구팀 단체 대화방에 메시지가 와 있었다. 집에 가서 한 번에 읽을 생각이었는데 미리보기 창에 자기 이름이 보여 무심코 눌러버리는 바람에 그만 '읽음' 표시를 띄워버렸다.

'니타니가 대학교 때 추천해준 책, 이제야 읽었어.'

테이블에 커피잔과 책을 놓아둔 사진이 같이 올라와 있다.

'읽는 데 대체 몇 년이 걸린 거야(웃음).' '근데 이해는 돼. 책이라는 게, 읽어야지 해놓고 몇 년 뒤에 읽게 되곤 하잖아.' 주거니 받거니 대화가 이어진다.

'재미있더라. 니타니, 또 추천할 책 있으면 알려줘. 그나저나, 살아 있기는 한 거지?'

화면을 끄고 주머니에 도로 넣는다. 서너 번 메시지 수신을 알리는 진동이 이어지다 이내 잠잠해졌다.

평일과 토요일 근무로는 기한을 맞추기 힘들어서 일요일에도 특근하는 날이 많아졌다. 주말에는 평일만큼 늦게까지 일하지는 않고, 저녁 일곱시에서 여덟시쯤이면 나와서 오시오 씨나 다른 동료와 한잔하러 갔다. 아시카와 씨는 특근 무리에 끼지 않았고, 니타니가 늦게 퇴근하는 탓에 주말에 와서 자고 가는 일도 없어졌다.

딱 한 번, 니타니의 집에서 간식을 만들어도 되느냐고 물어본 적 있는데, 니타니의 전자레인지에는 오븐 기능이 없고, 가루나 설탕을 재는 저울도 계량을 위한 숟가락도 집에 없다. 볼은 하나 있지만 뒤섞을 주걱이나 은색 철사 같은 것 여러 가닥이 둥글게 묶인 봉 같은 것도 없다. 그러니 힘들 거 같은데요, 라고 말했다. 아시카와 씨는 잘 생각해보면 만들 수 있는 것도 있다고 대답할 수 있었겠지만, 니타니의 말 안팎으로 은은하게 배어나온, 아니, 터져나온 넌더리 난다는 태도에 "아쉽네요"라고만 했다. 니타니는 근처 케이크집 앞을 지날 때마다 맡는, 코에서 위장으로 팔을 쑤셔넣고 내장 안쪽을 손톱으로 할퀴는 것처럼 강렬하게 달고 묵직한 냄새가 자기 집에 가득찬 모습을 상상했다. 그런 상상만으로도 당신과 함께할 수 없다고 말할 만한 이유가 될 것 같았다.

아시카와 씨는 주말에 와서 자고 가지 않는 대신 한 달에 몇 번 저녁을 차려주러 왔다. 니타니가 아시카와 씨보다 네 시간 정도 더 일하고 집에 가면 김이 나는 따뜻한 음식이 기다리고 있고, 아시카와 씨는 니타니가 그걸 다 먹는 모습을 지켜본 뒤에 돌아간다. 아시카와 씨와 보내는 짧은 시간. 휴대전화로 뉴스를 보면서 어떤 배우와 아이돌이 결혼했다는 얘기를 한 것, 니타니의 컴퓨터로 인터넷 쇼핑몰에 들어가 이 치마 귀엽다고 말해놓고 사진 않은 것, 여행 프로그램을 보며 바다에 가고 싶지만 수영은 싫은데 그래도 가고 싶다, 그치만, 같은 말을 되풀이한 것. 그런 조각들이 켜켜이 쌓여간다. 어째서 이 사람은 자꾸 우리집에 와서 내게 밥을 먹이는 걸까. 사귄다는 게 이런 건가. 니타니는 알 수 없다. 배가 부른데도 아시카와 씨가 간 뒤에 물을 끓여 컵라면을 먹는 것도 멈출 수 없다.

퇴근하고 편의점에 들렀다가 컴컴한 집으로 돌아온다. 손을 씻고 냄비에 물을 받는다. 물이 끓는 동안 실내복으로 갈아입고, 컵수프에 뜨거운 물을 붓고, 삼각김밥을 전자레인지로 십오 초만 데운다. 휴대전화가 진동했다. 아시카와 씨의 메시지다. '오늘도 고생 많았어요. 이 시간까지 일하느라 피곤하겠지만, 된장국같이 되도록 제대로 되고 몸에 좋은 걸로 챙겨 먹어요!'

니타니는 반사적으로 일어나 방금 뜨거운 물을 부은, 건조 시금치가 든 컵수프를 싱크대에 버렸다. 냉장고 위에 쌓아둔 컵라면 중 '지역 한정 진한 돈코쓰맛'을 골라 물을 붓는다. 냄비에 남아 있던 양으로는 조금 부족했지만 다시 끓이기 귀찮아서 그대로 뚜껑을 덮었다. 뱃속이 차갑게 식어 있었다. 되도록 제대로 되지 않은, 몸에 나쁜 음식만이 나를 덥혀줄 수 있다. 니타니는 컵라면 뚜껑 사이로 빠져나오는 김을 응시하며 생각한다.

제대로 된 밥을 먹는 게 스스로를 아끼는 일이라고, 컵라면이나 도시락만 먹는 건 스스로를 학대하는 것이나 다름없다고 한들 일하고, 야근하고, 밤 열시에 문 닫기 직전인 마트에 들렀다가 밥을 해서 먹는 것이 진정으로 스스로를 아끼는 일일까? 채소를 썰어 고기와 함께 육수에 넣어 끓이기만 하면 된다지만 나는 그런 음식은 먹고 싶지 않고, 그것만으로는 배가 안 차고 쌀이나 면도 필요하니까, 최소한 냄비와 밥그릇과 국그릇과 컵과 젓가락과 칼과 도마를 씻어야 한다. 만들고 먹고 설거지하고, 그러다보면 순식간에 한 시간이 지난다. 집에 와서 자기 전까지 남는 시간이 두 시간도 안 되는데 그중 한 시간을 밥 먹는 데 쓰고, 나머지 한 시간에서 씻고 양치하는 시간을 빼면, 나의, 내가 살아 있는 시간은 고작 삼십 분이지 않은가. 그런데도 밥을 먹는다는 말인가. 몸을 위해. 건강을 위해. 그건 전혀 살기 위해서가 아니지 않나? 제대로 된 밥을 먹으라는, 자기 몸을 아끼라는 말이 내게는 공격이라는 것을, 어떻게 해야 전달할 수 있을까.

삼 분이 지나 컵라면 뚜껑을 열고 분말수프를 넣는다. 물에 채 녹지 않은 걸쭉한 기름이 위에 뜬다. 젓가락을 찔러보니 면이 너무 딱딱해서 삼 분이 아니라 오 분을 기다려야 하는 컵라면이었음을 깨달았지만, 그냥 다 귀찮아져서 억지로 면과 면을 잡아뜯고, 질척하게 엉긴 분말과 함께 뜨거움밖에 느껴지지 않는 라면을 삼킨다.

혹시 살폈어요? 오시오 씨가 그렇게 말한 건 회사 근처 선술집으로 걸어가는 길이었다. 새해 첫 근무일인 오늘, 신년회가 잡혀서 전직원이 저녁 여섯시까지 일을 마치고 근처 선술집에 모이기로 되어 있었다.

야근은 여전히 이어졌지만, 선달그믐부터 정초 사흘까지 휴가가 나와서 니타니도 고향으로 내려갔다. 할머니가 계신 요양시설에 갔더니 변함없이 "증손자가 보고 싶구나" 같은 소리를 하시기에, 기운 내시라고 "증손자는 아직이지만, 지금 만나는 사람이 있어요. 조만간 결혼할지도 몰라요"라고 보고하자, 오래 살아야겠구나, 하며 기뻐하셨다. 아버지가 운전하는 차를 타고 시설에서 집으로 가는 길에 동생이 "오빠랑 사귄다는 사람, 어떤 타입이야?" 하고 묻길래, "아까는 할머니 앞이니까 그렇게 말했지만 당장 결혼할 생각은 없어"라고 대답했다. "그런 건 상관없고. 오빠 취향이니 어차피 또 자기주장 적고 생글생글 웃는 낯에 상냥한 성격이지?" 이어진 질문에 뭐 그렇지, 하고 고개를 끄덕이자, 동생은 안심한 듯 "다행이다. 새 가족이 되기에 딱 좋은 타입이

네"라며 만족스러워했다. 조수석에 앉은 어머니도 아무 말 안 했지만 귀기울여 듣고 있다는 걸 알 수 있었다.

아시카와 씨도 정초 사흘간은 친척 모임이 있어 나타니에게 오지 못한다고 미리 말해준 터라, 2일 밤에 돌아온 뒤로는 느긋하게 쉬었다. 딱 한 번 마트에 가서 인스턴트식품과 할인스티커가 붙은 정월 음식을 사 왔다. 그 외에는 집밖에 나가는 일 없이, 보지도 않는 영상을 컴퓨터로 대충 틀어둔 채 책을 읽으며 보냈다.

"정월 연휴 때 쪘나봐."

속으로는 아니라고 생각하면서, 니타니는 오시오 씨에게 그렇게 대답한다. 연말연시 동안 붙은 살의 양이 아니다. 최근 반년간 조금씩 축적된 지방이었다. 회사 일이 바빠 밤늦게 저녁을 먹기 때문만은 아니었다. 그런 거라면, 작년과 재작년에 일한 다른 지점에서도 비슷한 상황이었다. 니타니의 머릿속에 잠든 아시카와 씨의 얼굴과 기름이 둥둥 뜬 황금색 국물이 떠오른다. 하얀 플라스틱 용기도.

"선배는 날렵한 느낌이 사라지면 영 별로일 거 같아요."

오시오 씨가 거침없이 던지는 농담을 듣는 사이에 술집에

도착했다. 옆으로 긴 좌식 테이블이 놓인 방으로 안내를 받아 안쪽부터 직급순으로 앉았는데, 코스요리 중 오리고기가 든 전골을 다 먹었을 무렵에는 어느새 말석으로 자리를 옮긴 지점장의 양옆에 아시카와 씨와 또다른 여자 직원이 앉아 취한 지점장의 웃음소리에 명랑하게 맞장구치고 있었다. 아시카와 씨의 옆, 지점장 반대쪽에는 후지 씨가 앉아 있다. 얼굴이 시뻘겠다. 팔꿈치로 컵을 치는 바람에 무릎에 쏟은 얼음물을 아시카와 씨가 닦아주고 있었다. 니타니는 '희생양'이라는 단어가 떠올랐지만 익숙한 광경이기도 했다.

빈자리가 생긴 상석에 니타니를 비롯한 젊은 남자 직원들이 모였다. 니타니 앞에는 누가 썼는지 모를 젓가락과 먹다 만 죽 그릇이 놓여 있었다. 옆으로 밀어서 치우고, 점원에게 생맥주를 주문해서 마셨다. 너 또 맥주 마시냐, 정면에 앉은 선배 직원이 기막히다는 듯 말한다. 유독 목소리가 큰 건 술자리 중반부터 줄곧 마시고 있는 일본주 탓일 것이다. 물 달라고 할까요, 라고 니타니가 말하려는 순간, 꺄악! 하는 소리가 들렸다. 비명은 아니었다. 꺄, 악, 이라고 발음된 그 소리는 아시카와 씨가 간식을 내왔을 때 나오는 환성처럼 밝으면서도 약간의 묘한 어두움이 섞여 있었다. 구석에 앉아 있던 니타니 쪽 사람들이 재빨리 고개를 든다. 후지 씨가 아시카와 씨를 껴안고 있었다. 아니, 그렇지 않다. 아시카와 씨가 후지 씨를 끌어안은 것이다.

으악, 하는 중얼거림이 등뒤에서 들렸다. 돌아보지 않아도 오시오 씨 목소리라는 걸 알 수 있었다. 파트타이머들과 같은 테이블에 여자들 다섯이서 모여 앉아 신나게 대화중이던 오시오 씨가 한번 더 또렷한 혐오감이 섞인 목소리로 으악, 저거 뭐야, 라고 말했다.

호리고타쓰에 앉은 후지 씨의 상반신을, 다다미 바닥에 무릎으로 선 아시카와 씨가 끌어안고 있었다. 꽉 안은 건 아니고 살짝. 그렇다고 무슨 의미가 있는지는 모르겠지만, 후지 씨의 머리는 아시카와 씨의 가슴 높이이긴 해도 딱 붙진 않고 살포시 벌린 그녀의 양팔에 걸려 있었다. 후지 씨 얼굴은 아시카와 씨의 팔에 가려 보이지 않지만 그녀의 얼굴은 보였다. 시선이 후지 씨의 정수리를 향하고 있다. 힘드셨죠, 라고 말하는 것이 들렸다. 저렇게 다정한 목소리는 대체 어디서 나오는 걸까. 당신을 용서하겠다는 목소리. 용서받아온 사람만 낼 수 있는 목소리. 후지 씨가 말없이 고개를 끄덕인다. 방금 움직이면서 얼굴이 아시카와 씨의 가슴에 닿지 않았을까. 니타니는 기분이 나빠진다. 아까 먹은 오리고기가 위장 속에서 요동친다.

"후지 씨, 부인이 도망갔다나봐."

오시오 씨와 같은 테이블에 있던 하라다 씨가 니타니에게까지 들릴 만한 목소리로 설명한다.

"연말에 후지 씨 부모님 집에 같이 가느냐 마느냐로 다투다가 그대로 집을 나갔대. 사흘이나 연락이 없어서 후지 씨가 처가까지 데리러 갔는데 얼굴도 안 보여준 모양이야."

여자끼리 앉은 테이블에서 대화에 열중하며 언제 저런 정보를 모았나 싶어 니타니는 놀란다. 그랬구나, 하고 다들 입을 모으며 고개를 끄덕인다. 그러고 보니 오늘 후지 씨가 기운이 없더라, 하고 말하는 사람도 있었지만 니타니는 전혀 몰랐다. 평소와 똑같았을뿐더러, 무슨 일이 있다고 회사에서 티나게 기운 빠져 있는 것도 이상하지 않은가.

"그런데 왜 아시카와 선배가 안고 있는 건데요?"

그렇게 말한 사람은 오시오 씨였다. 큼직한 벌레를 맨발로 밟아버린 듯한 얼굴이다.

"후지 씨가 취해서 계속 위로해달라, 힘들다 힘들다 했거든. 보다못해 저러는 거 아니야? 아시카와 씨 착하잖아."

안됐다고 몇 마디 하던 파트타이머들이 급격히 흥미를 잃고 원래 하던 대화로 돌아간다. 니타니의 앞에 앉은 남자 직원도 다른 얘기를 시작했고, 니타니도 "안 그래?"라며 던져진 질문에 답하려던 차에 마침 오시오 씨와 눈이 마주쳤다. 회사에서 우연히 눈이 마주치면 늘 그러듯 먼저 시선을 돌릴 줄 알았는데, 그대로 응시해오기에 어쩔 수 없이 니타니가 먼저 시선을 돌려야 했다.

주변 사람들과 대화하며 은근히 말석을 살펴보니 아시카와 씨는 이미 자세를 고쳐 앉았고 후지 씨도 아무 일 없었다는 듯 지점장을 바라보며 뭔가를 얘기하고 있었다. 디저트로 안닌도후*가 나왔다. 니타니는 숟가락으로 한입 크기만큼 떴지만 입으로 가져가진 않았다. 냄비 그늘에 숨기듯 디저트 그릇을 밀었다.

* 살구씨 분말에 우유와 한천 등을 섞어서 만든 푸딩.

신년회 이틀 뒤의 일이었다. 점심시간이 끝나고 지점장부터 파트타이머까지 전직원이 모인 가운데 후지 씨가 "잠깐 시간 괜찮으신가요"라고 지점장에게 말했다. 바로 뒤에 하라다 씨가 서 있다. 지점장이 고개를 들자 후지 씨는 사무실 안을 빙 둘러본 다음 큰 소리로 말했다. "여러분도 잠깐 주목해주세요." 사람들이 고개를 든다. 감정을 억누른 듯한 목소리에 뭔가 좋지 않은 얘기임을 눈치채고 다들 아무 말 없이 조용히 기다렸다.

"사실 이렇게 모든 사람 앞에서 언급하는 건 공개처형 같아 좋지 않다고 생각합니다만, 한번 따로 얘기했는데도 개선되지 않았다고 할까 멈추질 않아서, 죄송하지만 이렇게 말씀드리게 되었습니다."

후지 씨가 사람들을 바라보며 말한 뒤 뒤돌아서 지점장을 쳐다보고 작은 목소리로 "죄송합니다"라고 양해를 구한다. 지점장은 의아한 표정을 지으면서도 고개를 끄덕인다. 사전에 말해두진 않은 모양이다.

“아시카와 씨가 늘 직접 만든 간식을 가져와 나눠주는데, 그걸 쓰레기처럼 비닐에 넣어 아시카와 씨 책상에 올려놓는 사람이 있습니다.”

순식간에 사무실이 술렁인다. 헉, 왜, 너무해. 작은 목소리로 속닥댄다. 숨을 삼키는 소리도 들렸는데, 니타니는 그게 제 목에서 났다는 걸 깨닫고는 마음이 묘하게 냉정히 식어감을 느낀다. 고개를 돌려 오시오 씨 쪽을 보니 그녀는 앞에 선 후지 씨를 똑바로 응시하고 있다. 시선을 피하며 고개를 숙인 사람은 오히려 옆에 선 아시카와 씨였는데, 가만히 제 손을 보고 있다가 사람들의 시선이 집중되자 가녀린 어깨를 움츠리며 여전히 고개를 반쯤 숙인 채 살며시 후지 씨를 바라보았다. 후지 씨가 아시카와 씨의 눈빛을 보고 힘있게 고개를 끄덕인다. 안심하고 맡겨둬. 그렇게 말하듯이.

“실은 오늘도 그런 일이 있었습니다. 어제 아시카와 씨가 만들어준 밤맛 케이크, 다들 받으셨죠? 그 케이크가 오늘 아침에도 비닐에, 구깃구깃한 비닐봉투에 담겨 아시카와 씨의 책상 위에 놓여 있었습니다.”

“그게 무슨 말인가.” 지점장이 낮은 목소리로 묻는다. “누가 그랬는지 알고 있나? 아, 여기서 말 안 해도 돼. 나중에 저쪽으로 오게"라고 말하며 안쪽에 있는 문 달린 회의실을 가리킨다.

"이 자리에서 밝히지는 않겠습니다만, 누구인지 알고 있습니다. 일전에 그분에게 직접 주의를 주기도 했습니다. 먹고 싶지 않으면 안 먹으면 됩니다. 단 음식을 좋아하지 않으면, 아시카와 씨에게 말해서 자기는 안 받겠다고 하면 되는 일입니다."

다들 말없이 고개를 끄덕인다.

"게다가 그 간식을 굳이 비닐에 넣어 아시카와 씨 책상에 두다니, 어떻게 그런 짓을 할 수 있습니까? 아시카와 씨는 우리를 위해, 힘내서 일하자고 마음을 써서 간식을 만들어 오는 건데, 너무합니다, 이건 공격이에요. 아시카와 씨한테 확인했더니 작년 가을 무렵부터 이런 일이 여러 번 있었다고 합니다. 아시카와 씨는 착하니까, 처음에는 누군가 미처 못 먹은 간식을 돌려줄 요량으로 비닐에 넣어 놔둔 거라고, 그렇게 생각했답니다. 하지만 그렇다기엔 비닐 상태가 이상하니까. 어느 날 아시카와 씨가 영 안 좋아 보여 하라다 씨가."

거기까지 말한 후지 씨가 옆에 선 하라다 씨를 본다.

"아시카와 씨한테 자초지종을 물었더니, 그런 일이 있었다고 했대요. 하라다 씨가 놀라서, 너무 심한 거 아니냐며 저한테 알려줬습니다. 용납할 수 없는 일입니다. 아시카와 씨가 말이죠, 그저 자신을 상처주고 싶은 거라면 다른 방법으로 해달래요. 세상에는 음식을 먹고 싶어도 못 먹는 사람들이 있으니까, 먹는 것을 이렇게 함부로 다루지는 말라고요. 그렇게 마음씨 착한 사람한테…… 정말 말도 안 되는 일입니다."

다들 또 고개를 끄덕인다. 너무한다, 라고 속삭이기도 한다.

후지 씨는 말하는 내내 오시오 씨의 얼굴을 응시했다.

니타니를 비롯한 직원들의 시선도 점차 오시오 씨에게 집중된다. 조심스레 훔쳐보는 식이었다. 오시오 씨의 옆얼굴이 창백했다. 표정이 사라지고, 시선은 후지 씨가 아니라 자기 옆에 있는, 지금은 후지 씨 쪽으로 몸을 돌리고 고개를 숙인 아시카와 씨의 등을 향했다. 뭘 노려보는 거야, 라고 중얼거린 사람은 하라다 씨였다. 비난한다기보다 놀라서 중얼거린 느낌이었다. 몹시 작은 소리였지만 후지 씨와 나란히 서 있었던 탓에 그 목소리가 모두에게 들렸다. 오시오 씨는 뺨을 움찔했지만 시선을 아시카와 씨에게 고정한 채 미동도 하지 않았다.

지점장과 후지 씨, 하라다 씨가 따로 회의실로 가고, 이내 아시카와 씨도 불려갔다. 수십 분 면담 후에 각자 자리로 돌아갔는데, 한참 뒤 오시오 씨가 복도로 나가고 나서 지점장이 조용히 그 뒤를 따라나섰다.

오시오 씨가 사무실에서 나가자 다들 말없이, 하지만 일하던 손을 멈추고 의미심장한 시선을 주고받았다. 파트타이머 중 한 명이 아시카와 씨에게 "괜찮아?"라고 말을 걸고 아시카와 씨가 힘없이 고개를 끄덕인다. "너무한다, 진짜 너무해." 하라다 씨가 말한다. 후지 씨가 콧소리를 내며 한숨을 쉬고 팔짱을 낀다.

삼십 분 정도 지나 지점장이 먼저 돌아오고, 몇 분 뒤에 오시오 씨가 자리로 돌아왔다. 두 사람 다 아무 말도 하지 않는다. 누구 하나 입을 열지 않는 답답한 분위기 속에서 키보드 치는 소리만 울려퍼지는데, 한참 지났을 무렵 우욱거리는 신음소리가 들려 니타니가 고개를 번쩍 들어보니 오시오 씨가 양손으로 입가를 누르고 있었다. 잔뜩 힘이 들어간 몸이 떨리고 있다. 어머, 하며 하라다 씨가 자리에서 일어서고, 니타니가 재빨리 탕비실에 달려가 비닐봉투를 가져왔다. 자극하지 않도록 조심스레 오시오 씨에게 건넨다. 오시오 씨는 창백한 이마와 떨리는 눈으로 니타니를 올려다보고 작게 인사했다. 그대로 비닐봉투를 들고 사무실을 나갈 줄 알았는데 자리에 가만히 앉아 있었다. 화장실까지 가지도 못할 만큼 힘든가 싶었는데, 오 분 정도 지나 갑자기 벌떡 일어났다.

"이제 괜찮습니다."

주변 사람들에게 "놀라게 해서 죄송합니다, 이제 괜찮습니다"라고 말한다. 다들 어정쩡하게 고개를 끄덕인다. 걱정했다고 말하는 사람은 없었다. 오시오 씨는 들고 있던 비닐봉투를 구깃구깃 뭉치며 말했다.

"괜찮아요. 토하지도 않았어요."

거액 수주 건이 마무리되자 결산으로 분주하긴 해도 조금 숨통이 트였다. 특근이 없어지고 평일도 저녁 일곱시에는 퇴근하게 되면서, 아시카와 씨는 다시 주말에 니타니의 집에서 시간을 보내게 되었다. 회사에 간식을 가져오는 횟수가 줄었고, 평일 밤에는 손이 많이 가는 걸 만들기 힘든 모양인지 종류도 쿠키나 파운드케이크처럼 클래식한 라인업으로 바뀌었다.

"주말마다 우리집에 오지 말고, 가끔은 혼자 느긋하게 베이킹을 하면 어때요?"

니타니가 그렇게 말하자 아시카와 씨의 눈가가 몹시 행복하다는 듯 휘어졌다.

"하지만 결혼하면 간식만 만들고 있을 수 없잖아요."

니타니는 그렇지 않다고 생각하지만, 정말로 그렇게 여기는 듯한 아시카와 씨에게 어떤 말로 자신의 생각을 전달해야 할지 알 수 없었다. 아시카와 씨가 결혼하면 간식만 만들고 있을 수 없게 된다는 소리는, 결혼한 상대방도 뭔가를 할 수 없게 된다는 것일까. 소리 내어 말하는 대신 입꼬리를 올리자 그에 응하듯 아시카와 씨의 입꼬리가 몇 밀리미터 더 올라갔다.

4월 인사이동이 발표되면서 니타니는 지바에 있는 다른 지점으로 전근하게 되었다. 지금 사는 집에서 다니려면 편도 두 시간 반은 걸린다. 귀찮지만 또 이사하는 수밖에 없다.

"니타니 씨는 여기 온 지 아직 일 년밖에 안 됐는데."

놀라서 말하는 건 파트타이머들뿐이고 사원은 다들 그렇게 되리라 예상했기에, 저쪽 지점의 누가 어떻다느니 하는 소문을 재빨리 공유해줬다.

"젊은 사원 중에 갈 수 있는 사람이 저 말고 없어서요."

니타니가 파트타이머들에게 설명하자 하라다 씨가 날카로운 목소리로 말했다.

"누구 덕분에 말이지."

인사이동 발표에 앞서 2월 중순, 오시오 씨가 퇴직한다고 지점장이 전체 공지를 했다. 이 지점에 온 지 딱 오 년째인 오시오 씨의 이동이 무산되어 대신 누군가를 보내야 하기 때문에 니타니의 전근이 결정됐다고 다들 생각하는 모양이다. 하라다 씨의 말에 이어 간식 사건 이후 오시오 씨를 눈엣가시로 여기던 사람들이 뭐라고 속닥거렸지만, 니타니는 누구 탓인지 굳이 따지자면 오시오 씨가 아니라 아시카와 씨 탓이라고 생각한다.

근속연수는 물론이고 담당업무를 봐도 원래라면 오시오 씨가 아니라 아시카와 씨가 이동 대상이 되어야 했지만 지점장과 후지 씨가 막았다. 아니, 막고 있다. 니타니가 오기 전부터, 그리고 앞으로도. 아시카와 씨는 여기서 지켜야 하는 사람이라고 인식된 모양이다. 그런 얘기를 아시카와 씨에게 들었다. 계속 여기 있을 수 있다면 집에서 나와 살지 않아도 되니 감사한 일이죠, 라고 했다.

오시오 씨가 지고 아시카와 씨가 이겼다. 옳고 그름의 승부처럼 보이지만 강함과 약함을 견주는 싸움이었다. 당연히, 약한 쪽이 이겼다. 그런 건 처음부터 당연했다.

오시오 씨의 퇴사는 3월 말이지만 남은 연차를 전부 소진하기로 해서 3월 3일이 마지막 출근일이라는 모양이다. 화장실에서 마주친 후지 씨가 "보통은 연차를 소진한다고 해도 절반 정도만 쓰지 않아? 전부 내버리다니, 참"이라고 중얼거리기에 니타니는 그런가 싶어서 놀란다. 자신이 퇴사할 때는 반드시 전부 소진하고 싶지만, 어차피 여기서 정년까지 일할 텐데 하는 마음도 든다. 정년까지 앞으로 삼십 년. 예순다섯이나 일흔까지 정년이 연장된다면 사십 년 가까운 세월이다. 길다. 길지만 이제는 정신이 아찔해질 정도는 아니었다. 밥 먹고 자고, 일어나서 밥을 먹다보면 그 정도 시간은 순식간에 지나갈 것이다.

"아시카와 씨하고도 떨어지겠네."

마침내 대놓고 이름을 언급하기에, 그래도 주말에는 만날 수 있겠죠, 라고 대답하면서, 니타니는 그렇구나, 편도 두 시간 반이 걸려도 우리는 계속 만나는구나, 라고 당연한 생각을 한다.

"아쉬워. 자네랑 좀더 같이 일하고 싶었는데."

후지 씨가 니타니의 어깨를 두드리고 화장실에서 나갔다.

오시오 씨의 퇴직과 니타니의 인사이동이 발표된 직후에 둘이 한잔하러 갔다. 그것이 니타니가 오시오 씨와 단둘이 만난 마지막 자리가 되었다.

오시오 씨가 전골을 먹고 싶다고 해서 뒷골목에 있는 아담한 일본식 선술집에 들어갔다. 오시오 씨는 오리전골을 주문했는데, 니타니가 "얼마 전 신년회에서도 오리전골 먹었잖아, 좋아해?"라고 묻자 입을 비쭉이며 대답했다. "신년회에서 먹은 전골은 맛없더라고요. 전골 자체가 문제라기보다 그냥 회사 사람들이랑 같이 먹는 음식은 대체로 맛없게 느껴져요. 오리고기 좋아하는데도 이상하게 너무 싫어서. 다시 먹고 싶었어요."

"다 같이 먹는 음식이 대체로 맛없다는 건 알 거 같아."

대답하는데 고등학생 때 기억이 머릿속에 떠오른다.

"고등학교 동아리 활동 마치고 집에 가는 길에 가끔 열대여섯 명이 같이 라면을 먹으러 갈 때가 있었는데, 그게 너무 싫었어. 그렇게 많은 인원이 들어갈 수 있는 가게는 당연히 유명하지도 않고 지저분하고 저렴하고 양만 많은 곳이었거든. 다들 맛있다면서 먹는데, 입안에 음식을 가득 넣고 큰 소리로 떠드는 애들도 있고, 난 진짜 싫었어. 거리가 좀 멀어서 자전거로 편도 삼십 분쯤 걸렸는데, 큰길을 일렬로 쌩쌩 달리는 건 좀 좋아서, 전체적으로는 좋은 추억인 것처럼 저장되어 있지만."

"아, 저도 동아리 마치고 집에 가는 길에 다 같이 크레이프 먹으러 가곤 했어요. 열 명 넘게 무리 지어 다녔는데. 중고생들의 특성이죠."

오시오 씨가 가볍게 받아넘겨서 니타니는 그만 말문이 막힌다. 어쩔 수 없이 고개를 끄덕였지만 머릿속에선 그것과는 좀 다르다고 생각했다. 남자니까 많이 먹어야지. 갑자기 그런 말이 머리에 떠오른다. 나이든 여자의 목소리였다. 엄마나 할머니의 목소리와도 비슷하고, 하라다 씨나 예전 담임 선생처럼 알고 지내는 중년 여자의 목소리를 섞은 듯한 느낌도 들었다. 다들 라면 곱빼기를 해치우고 국물까지 마셨지만 나는 그처럼 많이 먹는 걸 별로 좋아하지 않았다. 하지만 이렇게까지 많이 먹고 싶지 않다고는 말할 수 없었다. 그런 때면 언제나 머릿속에 재생되는 말. 남자니까 많이 먹어야지. 많이 먹고 훌륭한 사람이 되어야지.

오시오 씨는 다시 제대로 먹어서 기억을 바꾸겠다며 "저한테 맡기세요" 하면서 냄비를 차지하고는 잘 익은 것부터 그릇에 덜어줬다.

"음, 좋아. 맛있다."

오시오 씨는 만족스러워하면서, 오리고기의 담백한 기름이 밴 양배추가 끝내준다며 고기보다 채소를 더 많이 먹었다. 흰밥과 달걀을 추가해서 죽을 만들어 국물까지 전부 먹어치웠다. 따뜻해진 숨결을 내뱉는다.

"니타니 선배랑 먹는 밥은 맛있어요."

오시오 씨가 웃으면서 말한다. 웃고 나서 말했다기보다, 그 말을 하려고 입술을 움직였더니 눈꼬리와 뺨이 같이 움직인 듯 보이는 웃음이었다.

"선배는 눈앞에 있는 음식 얘기를 거의 안 하니까 이거 맛있네요, 엄청 부드럽네요, 같은 말을 저도 일일이 하지 않아도 돼서, 맛있어도 자기 혼자 맛있다고 생각하는 것으로 충분하다는 점이 엄청 좋았어요. 맛있다는 감정을 타인과 공유하는 걸 나는 무척 껄끄러워하는구나 생각했죠. 껄끄러워도 주위에 맞춰주긴 하지만요. 단 게 좋다든가 싫다든가, 매운 게 좋다든가 싫다든가, 음식 취향은 다들 조금씩 다르니까 다 함께 같은 음식을 먹어도 자기 혀로 맛을 느끼고 받아들이는 방식은 분명히 제각각일 텐데, 내내 맛있다 맛있다란 말만 주고받는 게 굉장히 힘들었다는 걸 깨달았거든요. 니타니 선배랑 밥을 먹으면 그게 없어서 좋았어요. 혼자 먹는 것 같지만 대화 상대가 있고. 그래서 아쉬워요. 이제 같이 밥 못 먹는 게. 전근하는 데가 지바죠? 너무 멀어."

오시오 씨가 부루퉁하게 입을 내밀고는 저도 바빠질 것 같고요, 하며 이직처 얘기를 한다.

"치어리딩부 친구가 세운, 응원단이나 진행자를 파견하는 회사인데요, 관리부서의 총무 일……이라고는 하는데, 작은 회사라 아마 다 하게 될 거예요. 현장에도 나가야 할 테고."

"거기서 치어리딩도 해?"

오시오 씨는 "설마요" 하면서 웃는다.

점원이 따뜻한 차를 내온다. 오시오 씨는 찻잔을 양손으로 감싸듯 들고 손바닥을 데운다. 불을 끈 냄비에서 아직 희미하게 김이 피어오르고 있다. 따뜻하게 난방이 되는 가게 안에서, 오시오 씨는 몹시 추운 곳에 있는 듯한 얼굴이다.

"하지만 어딜 가든 똑같을 거예요. 똑같겠지만, 똑같지 않은 것처럼 보이고 싶어요, 저 자신한테. 치어리딩부 때 담당

선생님이 질리도록 한 말이 있거든요. '자신을 응원하지 못하는 사람은 남을 응원할 수 없다.' 무슨 소린지 모르겠다고 항상 생각했어요. 남한테 힘내라고 격려하는 건 무척 간단하잖아요. 스스로를 격려하는 게 훨씬 어렵죠. 지금도 그 생각이 바뀌지 않았는데 응원단 파견회사에 들어간다는 게 이상하긴 해요. 그래도 일로서 정해져 있다면, 오히려 저 스스로를 격려할 수 있을 것 같아요."

니타니는 이해된다고 생각했지만, 이해된다고 말하면 오히려 이해하지 못했다고 여겨질 듯해 말할 수 없었다. 조용히 차를 마시고 헤어지며 물었다. "그래서 간식을 아시카와 씨 책상에 올려둔 거야?" 오시오 씨는 여전히 몹시 추운 곳에 있는 얼굴이다.

"우리는 서로 돕는 능력을 잃어가고 있는 것 같아요. 아마도 예전에는 가지고 있었던 걸, 손에서 놓아가는 거죠. 그러는 게 살기 편하니까. 성장의 일환으로. 누군가와 같이 먹는 밥보다 혼자 먹는 밥이 맛있는 것도 그중 하나고요. 굳세게 살아가는 데 다 같이 먹는 밥이 맛있다고 느끼는 능력은 필요 없어 보이니까요."

오시오의 얘기에 마음이 동요한 니타니는 할 생각이 없던 말을 입 밖으로 냈다.

"오시오 씨가 공개적으로 저격당한 날, 아시카와 씨 책상에 간식이 든 쓰레기봉투를 올려둔 사람은 나야."

말하자마자 괜히 말했다는 후회가 들었지만 계속했다.

"아시카와 씨도 알고 있었을 거야. 가을 무렵 놓여 있던 간식은 형태가 그대로였는데, 그때는 엉망진창으로 뭉개져 있었으니까, 분명 다른 사람 짓이라는 걸."

오시오 씨는 입가에 손을 대고 잠시 뭔가 생각했지만, 천천히 고개를 가로저으며 "뭐, 됐어요"라고 말했다.

"같이 아시카와 선배한테 못된 짓 하자고 얘기한 사람은 저니까."

밖으로 나오자 전골로 데워졌던 몸이 표면부터 단숨에 식어갔다. 니타니는 저도 모르게 어깨를 움츠리며 코트 깃을 바짝 여몄지만, 가게 안에서부터 설국에 사는 사람 같은 표정이던 오시오 씨는 오히려 태연한 얼굴로 성큼성큼 역을 향해 걷기 시작했다.

니타니의 이동과 오시오 씨의 퇴직을 겸하는 송별회는, 오시오 씨의 마지막 출근일인 3월 3일로 정해졌다. 어린 자녀가 있는 파트타이머가 그날은 딸의 히나마쓰리*라 참석하지 못한다면서 니타니와 오시오 씨에게 예쁜 과자 상자를 건넸다. 손바닥에 올라갈 정도로 작은 상자인데, 내용물은 쿠키라고 한다. 도쿄에 있는 유명한 제과점의 이름이 적혀 있었다. "아시카와 씨가 만드는 과자보단 못할지도 모르지만요"라고 덧붙였다가, 흠칫한 얼굴로 오시오 씨를 보더니 황급히 말을 맺고는 자리로 돌아갔다. 그 모습을 보니 일부러 비꼬려고 말한 게 아니라, 아시카와 씨와 사귀는 듯한 니타니에게 듣기 좋으라고 한 말이구나 싶었다. 오시오 씨는 한숨을 내쉬는 대신 작게 웃었다.

니타니는 그 상자를 오후 무렵 배가 출출해졌을 때 열었다. 쿠키는 네 개고, 초콜릿맛과 바닐라맛이 두 개씩 들어 있

* 여자아이의 무병장수와 행복을 기원하며 치르는 전통 행사.

었다. 순식간에 먹어치워서 비닐 포장지 안에는 방습제만 남았다. 네 개 전부 같은 크기, 같은 모양이었다. 파티시에가 모자와 마스크와 앞치마를 착용하고 조리실에서 구웠으리라. 그런 상상을 하면 안심된다. 먹는 이의 얼굴 같은 건 모르는 사람들이 만든, 정확한 음식. 복사물을 가지러 가는 길에 쿠키를 준 파트타이머 자리로 가서 "쿠키 맛있었어요" 하고 인사한다. 파트타이머는 다행이네요, 라고 대답하면서 놀란 얼굴을 했다.

"니타니 씨는 단 음식을 밤에 먹는 편인 줄 알았어요. 왜, 아시카와 씨 간식은 항상 야근 때 먹잖아요."

그러고 보니 그렇네요, 하고 얼버무리듯 웃는다. 천천히 시선을 복사기 쪽으로 돌리며 무난하게 대화를 마쳤다. 파트타이머의 바로 맞은편에서 아시카와 씨가 보고 있었다. 입안에 아직 쿠키의 풍미가 남아 있었다.

슬슬 업무를 마무리하고 회식 장소로 이동하려는데, 오시오 씨가 지점장 자리 앞에 가서 서더니 "죄송하지만 머리가 좀 아파서요. 모처럼 준비해주신 자리지만 송별회는 사양하도록 하겠습니다. 지금까지 감사했습니다. 여기서 배운 것들을 밑거름 삼아 더욱 정진하겠습니다. 또 어디선가 뵙게 될지 모르지만, 그때는 잘 부탁드리겠습니다"라고 막힘없이 말하고는 고개를 꾸벅 숙였다.

지점장은 몸이 안 좋으면 어쩔 수 없지, 아쉽게 됐군, 하고 기세에 눌린 듯 웅얼거리더니, 사무실을 둘러보며 "남아 있는 사람들한테라도 인사하지" 하며 오시오 씨를 재촉했다. 정직원들은 대부분 남아 있었다. 아시카와 씨만 파트타이머들과 함께 정시에 퇴근해서 먼저 회식 장소에 가 있었다.

오시오 씨가 사무실을 한 바퀴 훑어본다. 그동안 신세 많이 졌습니다, 라고 큰 소리로 말한다. 어쩐지 몹시 신나 보였다. 오늘 모처럼 송별회를 준비해주셨는데 죄송합니다, 몸이 좋지 않아서요, 라고 설명한다. 그런데 사실 별로 가고 싶지 않았기에 머리가 아파서 잘됐다 하는 마음도 있어요, 여러분도 아마 니타니 선배의 송별회만 챙기는 편이 더 즐겁지 않을까 싶고요, 하고 이어진 말에 다들 움찔한다. 여기저기서 헉 하는 소리가 들렸다.

"비꼬는 게 아니라, 정말 그렇게 생각해서 하는 말입니다. 어차피 오늘로 관두는데 마음에 없는 말을 하는 것도 이상하잖아요. 그렇다고 마지막으로 쏟아붓고 도망가려는 것도 아닙니다. 그저 거짓말을 하지 않으려는 것뿐이에요. 두통도 사실입니다. 편두통을 달고 살아서 자주 아픕니다. 평소에는 참고 일하고 회식도 가곤 했지만, 관두는 마당에 더이상 무리할 필요 없을 거 같아서요. 그동안 신세 많았습니다. 이곳에서 많은 가르침을 받았습니다. 진심으로 감사드립니다."

드문드문 박수 소리가 들리다가 크게 번지지 못하고 사그라들었다. 어떤 반응을 보여야 할지 머뭇거리며 서로를 살핀다.

그러는 사이 오시오 씨는 옷매무새를 가다듬고 어깨에 가방과 팔에는 코트를 걸친 뒤, 송별회 간사를 맡은 남자 직원에게 "제 몫의 취소 수수료예요"라며 떠안기듯 봉투를 건넸다. 간사가 괜찮다며 사양하는 걸 무시하고는 "그럼 여러분, 정말로 감사했습니다" 하고 한번 더 고개 숙여 인사한 뒤 지체 없이 사무실을 나가버렸다.

송별회 장소는 새로 생긴 이탈리안 레스토랑으로, 생햄과 키시 같은 전채요리에 이어 머시룸아히요, 잔생선튀김, 토마토크림리소토 등이 나왔다. 주위에서 와인을 권했지만 니타니는 줄곧 맥주를 마셨다. 이탈리아 맥주라고 하는, 녹색 병에 든 것이었다. 일본산 맥주와 뭐가 다른지는 모르겠다. 가게 절반을 빌렸는데 니타니는 한가운데 자리에 앉게 되었다. 다들 번갈아가며 옆에 와서 말을 거는 통에 내내 피곤했다. 얼른 집에 가서 컵라면을 먹고 싶었다.

리소토를 다 먹었을 즈음, 아시카와 씨가 커다란 홀 케이크를 들고 나타났다. 초 대신 타닥타닥 불꽃이 튀는 작은 스파클러가 꽂혀 있다. 우아! 니타니를 제외한 사람들 사이에 환성이 터진다. 하라다 씨가 "거기 좀 치워줘" 하며 니타니 앞을 가리키자 주위에 앉아 있던 사람들이 재빨리 테이블의 접시를 한곳으로 밀어 공간을 만든다. 아시카와 씨가 조심스레 케이크를 내려놓는다. 메시지판에 '니타니 씨, 오시오 씨, 고마웠어요'라고 적혀 있다.

"이거, 메시지판까지 아시카와 씨가 만들었대!"

하라다 씨가 감탄한 투로 외치며 사람들에게 정보를 전달하고, 아시카와 씨가 쑥스럽게 웃는다. 불꽃이 너무 밝아서 눈이 아팠다. 대단해, 니타니는 중얼거린다. 대단해, 어떻게 이런 일을 할 수 있는 걸까.

누군가가 눈치 빠르게 니타니의 옆자리를 비우고 아시카와 씨를 앉힌다. 점원에게 부탁해서 단체사진을 찍었다. 한가운데에 케이크가 찍혀서 케이크가 주인공 같았다. 다들 자기 휴대전화를 들고 모여 케이크 단독사진도 찍었다. 케이크는 흰색 크림이 리본 모양으로 장식되어 있고, 옆면은 조금도 흐트러짐 없이 깔끔하게 아이싱되어 있었다. 위에 연두색 메시지판을 올리고, 주위에 꽃잎을 흩뿌렸다. 색색깔의 꽃잎. 전에 아시카와 씨가 "먹을 수 있는 꽃이 있어요"라고 말했던 것을 떠올린다. 그 말을 들었을 때, 꽃까지 먹을 셈이냐고 생각했던 것도.

어째서 다들 먹는 거지. 왜 맛있는 걸 먹으려고 하는 거야. 더 먹고 싶다, 뭐든 먹고 싶다는 발상이 괴롭다. 어째서 케이크로 축하하는 걸까. 설탕덩어리로 온 입안을 치덕치덕하게 만들다니, 이상하지 않나. 어째서 다들, 이렇게까지 먹지 않고는 못 배기는 걸까.

불꽃이 꺼진 스파클러 막대를 뽑고 아시카와 씨가 케이크를 자른다. 가게에서 준비해준 접시에 담은 뒤 한 접시씩 케이크를 나눈다. 아시카와 씨가 "니타니 씨는 제일 큰 거" 하면서 메시지판이 올라간 조각을 건네준다. 메시지판 끄트머리에는 그녀의 것으로 보이는 작은 지문이 찍혀 있다.

니타니는 진짜 맛있다, 하며 케이크를 먹는다. 대단하다, 이런 걸 어떻게 만들었어요? 안에 과일이 들었네. 우아, 대단해, 정말 맛있어요. 엄청 달콤하다. 천재인가봐요, 이런 걸 만들다니. 크림도 듬뿍 들었네요. 대단해. 대단해. 최고, 완전 최고, 진짜 대단해요. 정말 못 당하겠어.

입안 가득 케이크를 밀어넣고, 치아 앞뒤와 잇몸 틈새까지 크림 범벅이 된 채 먹는다. 대단해요, 라고 말하자 아시카와 씨가 웃는다. 매우 반짝반짝 빛나는 얼굴로 웃는다. 기뻐 보인다. 그런 게 정말 기쁜가? 케이크로 가득찬 입안에서 중얼대자 아시카와 씨가 "네?" 하고 미소 띤 얼굴로 되묻는다. 우리 결혼하게 되려나, 니타니가 말한다. '결혼'이라는 말만은 어떻게 알아들은 모양인지 그녀가 눈을 동그랗게 뜬다. 눈가에 발린 은색 아이새도가 반짝 빛난다. 도톰한 애굣살이 떨린다. "매일 맛있는 밥 만들게요" 하고, 크림으로 코팅된 달콤한 목소리로 속삭인다. 흔들림 없는 눈으로 똑바로 응시해온다. 행복해 보이는 그 얼굴이 미친듯이 귀엽다.

おいしいごはんが食べられますように

지은이 **다카세 준코**
1988년 일본 에히메현 출생. 2019년 『개의 모양을 한 것』으로 제43회 스바루문학상을 수상하며 데뷔했다. 2021년 『물웅덩이에서 숨을 쉬다』로 아쿠타가와상 후보에 올랐고, 2022년 『맛있는 밥을 먹을 수 있기를』로 제167회 아쿠타가와상을 수상했다. 현대인의 일상과 사회생활의 표리를 예리하게 포착해내는 작가로서 문단과 독자의 주목을 받으며 작품세계를 구축해나가고 있다.

옮긴이 **허하나**
경희대학교 일본어학과를 졸업하고 번역가로 활동중이다. 옮긴 책으로 『네, 수영 못합니다』 『교도관의 눈』 『할머니와 나의 3천 엔』 『무리』 『달빛 수영』 등이 있다.

문학동네 세계문학

맛있는 밥을 먹을 수 있기를

초판 인쇄 2023년 10월 23일 | 초판 발행 2023년 11월 3일

지은이 다카세 준코 | 옮긴이 허하나
기획 · 책임편집 고선향 | 편집 박신양 이희연 양수현
디자인 윤종윤 유현아 | 저작권 박지영 형소진 최은진 서연주 오서영
마케팅 정민호 서지화 한민아 이민경 안남영 왕지경 황승현 김혜원 김하연
브랜딩 함유지 함근아 고보미 박민재 김희숙 정승민 배진성
제작 강신은 김동욱 이순호 | 제작처 천광인쇄사

펴낸곳 (주)문학동네 | 펴낸이 김소영
출판등록 1993년 10월 22일 제2003-000045호
주소 10881 경기도 파주시 회동길 210
전자우편 editor@munhak.com | 대표전화 031) 955-8888 | 팩스 031) 955-8855
문의전화 031) 955-1927(마케팅) 031) 955-1917(편집)
문학동네카페 http://cafe.naver.com/mhdn
인스타그램 @munhakdongne | 트위터 @munhakdongne
북클럽문학동네 http://bookclubmunhak.com

ISBN 978-89-546-9620-3 03830

잘못된 책은 구입하신 서점에서 교환해드립니다.
기타 교환 문의 031-955-2661, 3580

www.munhak.com